Die Zwillingsfrau

SANDRA BROWN

Die Zwillingsfrau

Deutsch von Heinz Tophinke

Weltbild

Originaltitel: *Thursday's Child*
Originalverlag: Bantam Books

Besuchen Sie uns im Internet:
www.weltbild.de

This translation is published by arrangement with
The Bantam Dell Publishing Group,
a division of Random House, Inc.

Projektleitung: Julia Kotzschmar
Übersetzung: Heinz Tophinke
Redaktion: Claudia Krader
Umschlaggestaltung: Hauptmann und Kompanie
Werbeagentur GmbH, München
Umschlagabbildung: © Laurence Monneret/Getty Images (Porträt)
und Tony Sweet/Getty Images (Landschaft)
Satz: Andrea Göttler
Druck und Bindung: Bagel Roto-Offset
GmbH & Co. KG, Schleinitz

Gedruckt auf chlorfrei gebleichtem Papier

ISBN 978-3-89897-427-1

1

»Bist du übergeschnappt?«

»Das ist eine tolle Idee!«

»Es ist eine schwachsinnige Idee. Das haben wir seit unserer Kindheit nicht mehr gemacht.«

»Und wir sind immer damit durchgekommen!«

Allison Leamon betrachtete erbost ihre Schwester. Vom Gesichtsausdruck abgesehen – Anns Miene war erwartungsvoll – hätte Allison in ihr Spiegelbild blicken können.

Ann saß im Schneidersitz mitten auf dem Bett ihrer Schwester. Allison wandte ihr den Rücken zu und begann, die Haarnadeln aus ihrem Knoten herauszunehmen. Dann schüttelte sie ihre kastanienbraune Mähne aus, die ihr in großen Wellen bis auf die Schultern fiel und dem Haar ihrer Schwester glich wie ein Ei dem anderen.

»Bette Davis hat mehrere Filme gemacht, in denen Zwillinge die Rollen tauschten. Und es kam immer etwas Schreckliches dabei heraus.«

»Kino und das wirkliche Leben sind zwei verschiedene Paar Schuhe!«

»Bildet die Kunst denn nicht das Leben nach?«

Ann seufzte verärgert. »Komm schon, Allison. Machst du's oder machst du's nicht?«

»Nein. Ich kann nicht glauben, dass du überhaupt ernsthaft vorhast, diese Operation machen zu lassen«, erwiderte sie und bürstete sich die Haare.

»Ich will nicht flachbrüstig durchs Leben gehen!«

»Wir sind nicht flachbrüstig«, hielt Allison ihr entgegen und betrachtete prüfend ihre Figur im Spiegel.

»Aber zu viel haben wir auch nicht gerade zu bieten.«

»Na und? Mit Riesentitten hast du in ein paar Jahren einen Hängebusen, und dann wirst du die Operation schwer bedauern!« Sie legte die Bürste beiseite und wandte sich ihrer Schwester zu. »Bitte, Annie, überleg es dir noch einmal – tu es nicht.«

Ann lachte.

»Du bist immer so verdammt vorsichtig und praktisch. Hast du denn nie einen frivolen Gedanken im Kopf? Sieh dich doch bloß an, jetzt, mit offenen Haaren – du siehst hinreißend aus! Gefällt dir das denn nicht?«

»Ich bin nicht hinreißend. Und ich lege darauf auch keinen wirklichen Wert, nein. Das Aussehen ist nicht wichtig.«

Ann legte eine Hand aufs Herz und wandte den Blick an die Decke.

»Ich weiß«, sagte sie theatralisch, »nur die inneren Werte eines Menschen zählen!«

»Du kannst dich über mich lustig machen, so lang du willst, aber genauso sehe ich es. Mir ist es nun einmal lieber, als intelligent zu gelten denn als umwerfend.«

Ann runzelte verärgert die Stirn. Ihre Schwester war wirklich ein hoffnungsloser Fall. Das Einzige, was für Allison zählte, war ihr Labor – ihr Elektronenmikroskop, ihr Bunsenbrenner und irgendwelche Organismen, die man in Petrischalen kultivieren konnte!

»Wirst du mir nun den Gefallen tun oder nicht?«

»Nein. Ich will damit nichts zu tun haben. Wieso kann Davis nicht von vornherein Bescheid wissen?«

»Weil ich ihn überraschen möchte!«

»Er mag dich so, wie du bist. Warum sonst würde er dich heiraten?«

»Kennst du einen Mann, dem es nicht gefällt, wenn seine Frau einen großen Busen hat?« Sie hatte die Frage kaum ausgesprochen, als sie ihre Worte bereits bereute. »Vergiss es. Ich ziehe die Frage zurück. Du kennst keine Männer.«

»Ich kenne sehr wohl ein paar Männer!«, widersprach Allison aufbrausend.

»Aber die sind alle kopflastig und komisch«, schoss Ann zurück.

»Sie sind Wissenschaftler.«

»Sag ich doch, kopflastig und komisch«, murrte Ann und zupfte an einem losen Faden von Allisons Bettdecke. Doch ihr Schmollen hielt nur ein paar Sekunden an, dann verlor sie die Geduld. »Ich will eine Brustvergrößerung. Für mein Selbstwertgefühl. Davis wird vor Freude im Quadrat hüpfen, wenn er das Ergebnis sieht. Ich bitte meine Zwillingsschwester, mir ein bisschen zu helfen, aber sie macht eine Staatsaffäre daraus.«

»Ich hoffe, das war nur als Witz gemeint«, bemerkte Allison trocken. Doch durch Anns bittenden Blick ließ sie sich etwas erweichen. »Du kannst ja wohl nicht im Ernst behaupten, dass ich dir lediglich ›ein bisschen helfen‹ soll. Du verlangst von mir, deine Rolle zu spielen, während du wegen deiner Operation in der Klinik liegst.«

»Es sind doch bloß ein paar Tage. Nur, bis der Verband abgenommen wird!«

Allison bedeckte ihre Brüste, mit jeder Hand eine, und schauderte. Die ganze Vorstellung erschien ihr widerlich, aber es war schließlich Anns Sache. Sie wünschte nur, Ann hätte sie nicht mit eingeplant.

»Was ist mit deinem Job?«

»Ich nehme eine Woche Urlaub, da gibt es kein Problem. Du gehst ganz normal zur Arbeit. Du musst nur abends mit Davis zusammen sein.«

»Und was machst du, versteckst du dich im hinteren Schlafzimmer?«

»Ich bleibe in der Klinik. Das ist teuer, aber ich bin lieber dort als zu Hause.«

Allison stieß sich vom Toilettentisch ab und begann, im Zimmer auf und ab zu gehen. »Annie, das ist einfach verrückt. Du und Davis ... also, äh, erwartet er denn nicht gewisse, du weißt schon ...«

»Du meinst Schlafzimmerprivilegien?« Allison errötete. Ann lachte. »Das habe ich schon geregelt. Ich habe ihm gesagt, mein Frauenarzt hat mir eine andere Pille verschrieben, und deshalb sollen wir drei Wochen lang nicht miteinander schlafen, bis wir wissen, dass es wieder sicher ist.«

»Das ist absurd!«

»Das weißt du, weil du Biologin und Genetikerin bist, und ich weiß es, weil ich eine Frau bin, aber Davis weiß es nicht. Er hat sich furchtbar geärgert, aber er hat es geschluckt. Du brauchst also keine Angst zu haben, dass er dich ins Bett zerren wird. Und es sind ja letzten Endes nur drei oder vier Tage!«

Allison spielte nervös mit den Fingern. Ann konnte das einfach, sie hatte es schon immer verstanden, sie zu Dingen zu überreden, die dem vernünftigen Menschenverstand widerstrebten.

»Der Rollentausch war ein nettes Spiel mit unseren Eltern und sogar manchmal mit den Lehrern, aber ich habe einfach das Gefühl, dass diesmal etwas Schlimmes dabei herauskommen wird.«

»Du Schwarzseherin! Es wird gar nichts passieren.«

»Und ich soll solange in deine Wohnung ziehen?«

»Das wäre das Einfachste. Da würde Davis mich, besser gesagt dich, immer finden.«

Nicht ausgesprochen – wenngleich vorausgesetzt – wurde dabei, dass Allisons Abwesenheit von ihrer eigenen Wohnung unbemerkt bleiben würde. Sie hatte niemanden, der sie abends anrief.

»Ich müsste deine Klamotten tragen«, meinte sie wenig begeistert.

»Womit du dich im Vergleich zu deiner Garderobe erheblich verbessern wirst.« Ann betrachtete Allisons marineblauen Rock aus der Abteilung «Landmode« und die weiße Bluse mit unverhüllter Abneigung.

»Ich müsste meine Kontaktlinsen die ganze Zeit tragen. Davon bekomme ich Kopfschmerzen.«

»Lieber ein bisschen Kopfschmerzen als diese Brille, mit der du aussiehst wie eine Eule.«

»Und meine Haare ...«

»Hör schon auf! Offen sehen deine Haare umwerfend aus und ganz natürlich – viel besser als mit deinem altjüngferlichen Knoten!« Sie sprang vom Bett und baute sich, die Hände in die Hüften gestemmt, vor Allison auf. »Also, machst du's oder machst du's nicht? Bitte, Allison. Es ist mir so wichtig!«

Für Ann war immer alles wichtig. Krisen zog sie förmlich an. Und halbe Sachen mochte sie absolut nicht. Sie ließ sich voll auf jedes noch so fragwürdige Abenteuer ein, und meistens zog sie dabei ihre zurückhaltende Schwester mit hinein.

Allison betrachtete sich im Spiegel. Würde sie als Ann durchgehen? Ann, die nie einen Fremden traf, sondern immer gleich einen potentiellen Freund? Ann, die sich in jeder Situation zu Hause fühlte? Ann mit ihrer überschäumenden Persönlichkeit und mehr Charme im kleinen Finger, als sie im ganzen Leib hatte?

Ann stellte sich neben sie. Da Allison ihre Brille nicht trug und das Haar offen hatte, sahen sie völlig gleich aus.

Und es sollte ja nur für ein paar Tage sein. Und schließlich war Ann ihre Zwillingsschwester, ihre einzige Schwester. Und mit lebenslangen Gewohnheiten ließ sich nur schwer brechen …

Allison lächelte wehmütig.

»Ist dir klar, dass die Leute für den Rest unseres Lebens nur noch auf unsere Titten schauen werden, um uns auseinanderzuhalten?«

»Oh Allison – du machst es also?«

Ann umarmte ihre Schwester überschwänglich.

»Ich wusste, dass ich auf dich zählen kann! Hier ist mein Verlobungsring«, sagte sie, zog ihn vom Finger und steckte ihn Allison an. »Pass bloß auf, dass du ihn nicht verlierst. Und jetzt bereite ich dich gleich auf den heutigen Abend vor.«

»Den heutigen Abend?«

»Davis und ‚ich' treffen uns mit seinem besten Freund zum Abendessen. Die beiden sind zusammen aufgewachsen, Blutsbrüder und so, du weißt schon. Ich habe ihn noch nie getroffen, und Davis will mich ihm vorstellen.«

»Oh Annie«, jammerte Allison.

»Warte, bis du sie kennenlernst, Spencer. Sie ist einfach umwerfend. Absolut super. Sie ist süß und intelligent. Tolle Figur. Und ihr Gesicht! Mein Gott, ihr Gesicht. Sie ist einfach wunderschön.«

»Zumindest klingt es so.«

Spencer Raft blinzelte seinem Freund schelmisch zu.

Davis sah leicht verärgert drein.

»Rede ich zu viel über sie?«

Spencer klopfte ihm auf die Schulter. »Du bist verliebt. Du musst über sie reden. Wie lange soll die Verlobungszeit noch dauern?«

Davis hatte Spencer vom Flughafen in Atlanta abgeholt. Sie fuhren zu einem Restaurant, in dem sie Ann zum Abendessen treffen wollten. Es war ein schwüler Nachmittag, und der Verkehr schlich so träge dahin, als wollte er sich der feuchten Hitze anpassen.

»Gleich sind wir da, Gott sei Dank. Bis zum letzten Juniwochenende. Ich hätte dich gern als Trauzeugen. Bleibst du so lange hier, oder musst du bald wieder los?«

»Ich werde bleiben. Ich kann doch nicht zulassen, dass mein bester Freund ohne meine Unterstützung in den Ehehafen einläuft!«

Davis musterte den Mann neben sich.

»Weißt du, wenn Ann nicht wäre, dann würde ich dich richtig beneiden. Mit der eigenen Yacht um die ganze Welt zu schippern, in jedem Hafen eine andere Frau, Abenteuer, keine Verpflichtungen, die dich festnageln. Das muss ein Leben sein!« Er seufzte.

Spencer blickte düster in den von Wolkenbänken umgebenen Sonnenuntergang.

»So toll, wie du anscheinend meinst, ist es gar nicht«, sagte er nachdenklich.

»Na, komm schon, erzähl deinem alten Kumpel ein paar heiße Geschichten. Ich habe keine Vorstellung davon, was du so alles treibst!«

Spencer lächelte unergründlich. »Das bleibt mein Geheimnis.«

»Du machst Geld wie Heu, bist dein eigener Herr, arbeitest, wann du willst, und bereist die ganze Welt. Du bist so eine Art moderner Glücksritter, wie?«

»Das unterliegt leider der strengsten Geheimhaltung, Davis.«

Davis pfiff durch die Zähne. »Sicher hast du irgendwie mit der CIA oder einem ähnlichen Verein zu tun, richtig? Na gut, lassen wir das. Wenn es geheim ist, dann verstehe ich das. Verrate mir bloß eines – sei aber ehrlich dabei.«

»Was willst du wissen?«

»Du verdienst dein Geld auf legale Weise? Keine Drogen, kein Waffenschmuggel oder so etwas?«

Spencer lachte lauthals. »Für das, was ich tue, gehe ich garantiert nicht ins Gefängnis, keine Bange!«

»Das erleichtert mich nicht unbedingt. Vielleicht bist du einfach nur zu gerissen, um dich schnappen zu lassen.«

»Ich arbeite im Rahmen des Gesetzes.«

Davis seufzte sehnsüchtig. »In Ordnung. Ab und zu beneide ich dich wirklich um dein Leben.«

»Solltest du aber nicht«, erwiderte Spencer ruhig. »Ich beneide dich um dein Glück mit Ann.«

»Na gut, jetzt kannst du gleich grün werden vor Neid – da ist sie nämlich. Hab ich dir nicht gesagt, dass sie Spitzenklasse ist?«

Er parkte genau in dem Moment vor dem Restaurant, als Ann um die Ecke bog, sprang aus seinem Cabrio und rief nach ihr.

Sie blickte auf, machte einen Schritt – und fiel dann der Länge nach hin.

Verdammt!

Sie konnte sich gerade noch mit den Händen abstützen, aber der Aufprall war hart und ließ ihre Zähne heftig aufeinanderschlagen. Außerdem schürfte sie sich die Handflächen auf; die eine brannte sofort wie Feuer. Sie hatte versucht, ihren Sturz mit einem Knie abzufangen und war dabei mit der Kniescheibe auf die Bordsteinkante aufgeschlagen. Das würde einen Monat lang einen Bluterguss geben.

Ihre Haare hingen zu beiden Seiten des Gesichts herunter wie ein roter Vorhang. Ihr Hintern ragte in die Luft, und es fiel ihr schwer, den Blick zu fokussieren.

Und neben all diesen körperlichen Beschwerden hatte sie sich auch noch der Lächerlichkeit preisgegeben. Sie hörte Passanten laut spekulieren, was sie wohl eingeworfen haben musste, um so von der Rolle zu sein. Während sie sich jämmerlich abmühte, sich aufzurappeln, kamen Davis und sein Freund auf sie zugestürzt.

Diese gottverdammten hohen Schuhe! Sie trug nie welche, Ann hingegen ständig. Solche Riemensandalen waren tödlich. Aber was sonst hätte sie zu dem hauchdünnen Chiffonkleid anziehen sollen, das zu tragen Ann ihr nahegelegt hatte? Ihre Slipper?

»Ann, Liebling, hast du dir wehgetan?«

Sie richtete sich auf dem Fuß auf, an dem der Schuh noch daran war. Der Absatz der anderen Sandalette steckte im Abflussgitter fest, und der dazugehörige Fuß baumelte leblos über dem Gehsteig.

»Nein, nein, es geht schon«, murmelte sie mit gesenktem Kopf. Irgendetwas war falsch, aber sie kam nicht darauf, was es war. Die Welt sah nicht richtig aus. Sie legte ihr ganzes Gewicht auf das aufgeschürfte Knie, doch es hielt der Belastung nicht stand; sie spürte, wie sie wieder vornüberkippte.

»Ann!«, rief Davis und streckte eine Hand nach ihr aus.

Aber es war ein anderes Paar Arme, das sich um sie legte, sie auffing und an eine Brust drückte, die so breit und solide war wie eine Wand. Sie lehnte sich einen Moment lang an diese kräftige Stütze und verfluchte die Überredungskunst ihrer Schwester nicht weniger als ihre eigene Nachgiebigkeit. Warum saß sie jetzt nicht mit einem guten Roman zu Hause?

»Darling, du hast dir wehgetan!«, rief Davis besorgt.

»Nein, es geht schon. Ich bin nur …«

Sie hob den Kopf. Das war nicht Davis. Davis hatte hellbraune Haare. Sie hatte den Eindruck von schwarzem Haar. Schwarzen Augenbrauen. Ein Sportsakko aus Rohseide und eine blaue Krawatte. Alles erschien ihr verschwommen. Sie blinzelte und versuchte, all die Bruchstücke zu einem klaren Bild zusammenzusetzen. Es ging nicht.

Oh Gott! Ich habe eine Kontaktlinse verloren!

»Äh, mein Schuh.« Sie befreite sich aus den starken Armen, ging wieder auf die Knie und tat so, als taste sie an ihrer Sandalette herum, doch in Wirklichkeit betete sie inständig, sie möge durch ein Wunder die Kontaktlinse wiederfinden, die bei ihrem Sturz herausgefallen war.

»Hier ist deine Handtasche, Darling«, sagte Davis und drückte sie ihr in die Hand.

»Ich hole Ihren Schuh da heraus.« Diese Stimme war tief und viel weniger nervös als die von Davis.

Armer Davis, dachte Allison.

»Anns« so untypische Ungeschicklichkeit musste für ihn sehr ärgerlich sein. Was für einen schrecklichen ersten Eindruck seine Verlobte auf seinen besten Freund machte!

Doch darüber konnte sie sich im Augenblick keine Gedanken machen. Sie musste vielmehr überlegen, wie sie in ihrem halbblinden Zustand diesen Abend überstehen konnte.

Sie hielt den Atem an, als sich eine warme Hand um ihren Knöchel legte und ihr den Schuh anzog, der sich in dem Abflussgitter verfangen und zu ihrem Sturz geführt hatte.

»Tut mir leid. Habe ich Ihnen wehgetan?« Er berührte besorgt ihre Wade.

»Nein, ich bin nur …« Sie stotterte, wusste nicht, was sie sagen sollte.

Nein, ich bin es nur nicht gewohnt, dass ein Mann mir beim Schuhanziehen hilft.

Hervorragend, Allison. Was für ein großartiger Start. Besser, du sagst gar nichts.

Er richtete sich wieder zu voller Größe auf. Und er schien dafür ziemlich lang zu brauchen. Allison strich ihre Haare nach hinten; sie war es nicht gewohnt, sie um das Gesicht und auf den Schultern zu spüren, und noch weniger die Hand eines Mannes an ihrem Knöchel und ihrer Wade. Sie hoffte, die angespannte Grimasse, die sie auf ihrem Gesicht spürte, würde in etwa wie ein Lächeln aussehen.

»Ich komme mir vor wie ein Trampel.«

»Na ja, ein wenig hat es schon so ausgesehen«, meinte Davis, legte ihr liebevoll einen Arm um die Schultern und küsste sie auf die Schläfe. »Ist wirklich alles in Ordnung?«

»Natürlich«, antwortete sie gespielt heiter und versuchte verzweifelt, ihn klar zu sehen. »Ist das dein Freund? Spencer Raft?«

Sie wandte sich der großen, verschwommenen Gestalt zu und streckte die Hand aus. Sie traf seinen Ärmel.

»Spencer, darf ich dir meine Verlobte vorstellen, Ann Leamon.«

»Ihre Hand blutet.«

»Oh, das tut mir leid«, sagte sie erschrocken. »Habe ich Ihr Hemd blutig gemacht?«

»Macht nichts. Hier.«

Dieselben festen, warmen Finger umschlossen ihre Hand, die sich zuvor um ihren Knöchel gelegt hatten. Sie waren stark, aber einfühlsam. Allison spürte, wie ihr Handballen vorsichtig mit etwas Weichem betupft wurde, und stellte fest, dass es ein weißes Stofftaschentuch war.

»Ich glaube, wir fahren sie besser nach Hause, Davis«, sagte Spencer ruhig.

»Nein, nein«, protestierte sie. Ann würde sie umbringen, wenn sie Davis diesen Abend ruinierte. »Es ist schon okay, wirklich. Ich muss nur zur Damentoilette und den Schaden begrenzen, das ist alles.«

Und vielleicht besorgt mir die Vorsehung noch einen Stock oder einen Blindenhund, dachte sie.

»Ganz sicher?«, fragte Davis.

»Ja, natürlich.«

»Also dann, gehen wir hinein, Liebes.«

Einen Arm besitzergreifend um ihre Schultern gelegt, führte Davis sie zum Eingang des Lokals. Sie hörte, dass Spencer ihnen folgte.

Sobald sie das elegante Restaurant betreten hatten, entschuldigte sich Allison und suchte die Damentoilette auf. Dort nahm sie die andere Kontaktlinse heraus und setzte erst einmal ihre Brille auf, um den entstandenen Schaden genau zu begutachten.

Sie betrachtete sich im Spiegel und stellte fest, dass es eigentlich nicht so tragisch war. Ein paar Bürstenstriche und ihr Haar sah wieder ordentlich aus. Sie ließ kaltes Wasser über die Handflächen laufen und trocknete sie dann vorsichtig ab. Die Abschürfungen waren längst nicht so schlimm, wie sie gedacht hatte. An der Stelle, wo sie mit dem Knie an der Gehsteigkante aufgeschlagen war, hatte sie ein Loch im Strumpf, und über ihr Schienbein zog sich eine breite Laufmasche nach unten, aber daran war im Augenblick nichts zu ändern.

Dank der Frisur, des Make-ups und der Kleidung war es Ann, die sie aus dem Spiegel anblickte. Als sie das seegrüne Chiffonkleid anprobiert hatte, war sie entsetzt gewesen und hatte sofort Ann in der Klinik angerufen.

»Sie haben mir Blut abgenommen, und in paar Minuten werde ich geröntgt. Dann geht es ab ins Bett. Die Operation findet gleich morgen früh statt.«

Obwohl sie wegen ihrer Schwester besorgt gewesen war, hatte Allison dennoch gefragt: »Ann, wo ist der BH, den du zu diesem Kleid trägst? Die, die ich anprobiert habe, sieht man alle.«

»Man trägt keinen BH unter diesem Kleid, du Dummerchen!«

»Aber ich ... fühle mich so nackt.«

»So sollst du ja auch aussehen.«

»Dann ziehe ich lieber etwas anderes an. Wie wär's mit ...«

»Nein! Das ist Davis' Lieblingskleid. Er hat es sich für heute Abend gewünscht.«

Ihr Unfall am Straßenrand hatte ihre Gedanken von dem Kleid abgelenkt. Jetzt, wo sie sich im Spiegel betrachtete, wurde sie wieder daran erinnert, wie knapp es saß. Die Träger waren nicht mehr als Schnürsenkel; das tiefe Dekolleté gewährte einen freizügigen Blick auf die Ansätze ihrer Brüste. Weshalb Ann einen noch größeren Busen haben wollte, konnte Allison nicht verstehen. Sie hatte das Gefühl, dass ihre Brüste geradezu aus dem Ausschnitt herausquollen, aber auch daran war nichts zu ändern.

Bedauernd setzte sie die Brille ab, steckte sie wieder in ihre Handtasche und verließ mit einem tiefen Seufzer den Raum. Gott sei Dank führte der Oberkellner sie an ihren Tisch, denn sonst hätte sie Davis und Spencer in dem halbdunklen, von Kerzen erhellten Raum nie gefunden. Sie standen beide auf, als sie wieder zu ihnen stieß.

»Alles in Ordnung?«, fragte Davis besorgt, während er ihr einen Stuhl anbot.

»Bis auf eine Laufmasche im Strumpf.«

»Das macht doch nichts. Du siehst wunderbar aus.« Davis beugte sich zu ihr und küsste sie zärtlich auf den Mund. Sie musste sich sehr zusammennehmen, um nicht unwillkürlich vor ihm zurückzuweichen.

»Danke. Tut mir leid, dass ich mich so dumm benommen habe. Ich weiß nicht, wie das passiert ist. Als du mich riefst, blickte ich auf, und im nächsten Augenblick lag ich plötzlich auf dem Gehsteig.«

Es tat ihr um Davis' willen leid. Sie hatte Davis Lundstrum noch nie umwerfend gefunden, doch Ann betete ihn an. Er sah gut aus, wie ein anständiger Amerikaner eben, er war großzügig, liebenswürdig, ausgeglichen und beruflich erfolgreich in der Computerbranche tätig. Sie wollte ihren Schwager in spe unter keinen Umständen in Verlegenheit bringen.

»Es war ein Unfall«, sagte er freundlich und legte unter dem Tisch eine Hand auf ihr Knie. Als sie zusammenzuckte, fragte er: »Was ist los?«

»Das ist das Knie, das ich mir aufgeschlagen habe.«

»Ups, entschuldige, Liebes.«

Er nahm seine Hand zurück, und Allison entspannte sich.

»Ich bin froh, dass Sie sich nicht verletzt haben«, meinte Spencer.

Sie wandte sich ihm zu und war etwas enttäuscht, dass sie seine Gesichtszüge nicht scharf erkennen konnte. Er hatte eine attraktive Stimme, erregend und tief. Sie wusste, dass er groß war. Als er sie an sich drückte, hatte ihre Schädeldecke nicht bis an sein Kinn gereicht. Außerdem musste er gut gebaut sein. Hatte sie sich nicht an seine Brust gelehnt und diese dabei nicht einmal zur Gänze bedeckt?

»Davis hat sich sehr auf Ihren Besuch gefreut.«

»Und ich wollte Sie unbedingt endlich kennenlernen. Auf dem Weg vom Flughafen hierher hat Davis wieder mal über nichts anderes geredet als über Sie«, sagte er lachend. »Aber nicht einmal seine überschwänglichsten Beschreibungen werden Ihnen gerecht. Sie sind wunderschön; ich gratuliere meinem Freund zur Wahl seiner Braut.«

»D-dankeschön«, stammelte sie.

Sie bekam nur selten ein Kompliment von einem Mann. Ann wusste mit so etwas geschickt umzugehen, sie hätte sofort eine absolut charmante, kokette Erwiderung parat gehabt. Allison saß da, ihr Knie und ihre Handflächen schmerzten, die Zunge schien ihr am Gaumen zu kleben, und sie wusste absolut nichts Charmantes oder Kokettes zu sagen – nur weil der Mann eine sanfte, tiefe Stimme hatte wie ein gut klingendes Cello.

Wie sollte sie das Essen hinunterbringen, ohne die Hälfte davon auf ihr Kleid fallen zu lassen? Ah, wenn sie Ann allein erwischte …

Und schaute Spencer Raft nicht auf ihren Busen? Sie war sich der Tatsache extrem bewusst, dass ihre Brüste unter dem Kleid nackt waren und dass das knappe Oberteil viel zu viel von ihnen preisgab.

Seltsam, ob Davis auf sie schaute, fragte sie sich nicht.

»Da kommen die Drinks«, sagte Davis. »Ich habe dir das Übliche bestellt.«

Allisons übliches Getränk war Mineralwasser mit Zitrone. Sie war gespannt zu erfahren, was Ann meistens bestellte, die auf jeden Fall erheblich mehr Alkohol vertrug als sie.

»Zwei?«, fragte sie erstaunt. Oder sah sie am Ende schon doppelt?

»Happy Hour«, erklärte Davis und erhob sein Glas. »Auf alte Freundschaft. Schön, dass du da bist, Spencer.«

»Schön, dass wir uns treffen«, erwiderte Spencer mit seinem Glas in der Hand.

Allison griff vorsichtig nach ihrem und prostete den beiden zu, ohne dass sich ein Missgeschick ereignete.

»Auf gute Freunde«, sagte sie.

Wodka, dachte sie, als sie daran nippte. Ein halber davon, und ich liege unter dem Tisch. Nach zweien bin ich bewusstlos.

Guter Gott, wie sollte sie das überstehen? Warum machte sie dieser ganzen Farce nicht einfach ein Ende, bevor eine wirkliche Katastrophe passierte? Weil Ann dann nie mehr mit ihr sprechen würde, ganz einfach darum.

»Ihr Vorspeise, Madam«, sagte der Kellner und wartete darauf, dass sie den Arm zur Seite bewegte, damit er den Teller vor ihr abstellen konnte.

»Ich habe Pâté de foie gras für dich bestellt, Darling«, sagte Davis. »Ich weiß, wie sehr du die magst.«

Schon bei der Nennung des Namens musste sie sich beinahe übergeben. Gänseleberpastete! Egal, welch wohlklingende Namen sie dafür erfanden, egal, welche Delikatessen sie dazu reichten oder wie raffiniert es gewürzt war, – es war Leber von qualvoll gemästeten Tieren, und sie hatte es noch nie fertiggebracht, so etwas zu genießen.

»Wie nett von dir. Aber bitte, ihr beide müsst sie unbedingt mit mir teilen.« Sie lächelte matt und tätschelte Davis' Hand.

Davis küsste sie sanft auf die Lippen, und sie musste daran denken, dass sie heute Abend schon häufiger geküsst worden war als in ihrem ganzen bisherigen Leben.

Der Kellner kam, um die Essensbestellungen aufzunehmen. »Du möchtest ein dickes Rippensteak, medium, oder?«, fragte Davis sie.

Sie hatte eine Abneigung gegen halbrohes Fleisch, und selbst gut durchgebratenes aß sie nur gelegentlich in Form eines Cheeseburgers.

»Ich dachte, ich probiere heute den Hummer.«

Davis lachte, er hielt ihre Bemerkung für einen Scherz.

»Na klar doch!«

Er beugte sich zu Spencer hinüber und sagte leise: »Das letzte Mal, als sie Schalentiere aß, bekam sie einen Nesselausschlag. Es sah schrecklich aus, aber das Auftragen der Lotion erwies sich als sehr aufregende Angelegenheit!«

»Na, darauf würde ich wetten«, brummte die tiefe Stimme.

»Als wir endlich fertig waren, hatte ich mehr davon auf dem Körper als sie!«

Die beiden Männer lachten.

Allison errötete bis unter die Haarwurzeln, als Davis ihr Ohr küsste und murmelte: »Darling, wenn du das wieder spielen willst, sag es mir einfach. Du musst dafür nicht unbedingt eine allergische Reaktion durchstehen.«

Sie klappte die Speisekarte zu und lachte künstlich auf. »Das war schrecklich, nicht wahr?«

Warum hatte sie sich bloß nicht daran erinnert, dass Ann auf Schalentiere allergisch reagierte, und warum war der Gedanke, mit Davis Bettspiele zu machen, absolut jenseits ihrer Vorstellung?

Sobald sie die Bestellungen aufgegeben hatten, entschuldigte sich Davis und ging zur Toilette. Der Kellner fragte, ob er den Teller mit der Vorspeise abräumen solle, und Allison war froh, sie loszuwerden. Sie hatte es geschafft, drei Cracker mit dem widerlichen Zeug darauf zu essen und jeden Bissen mit einem kräftigen Schluck hinuntergespült. Jetzt brummte ihr vom Alkohol der Kopf, und sie hatte Ohrensausen.

Sie war sich des Mannes ihr gegenüber beunruhigend deutlich bewusst und tastete nach ihrem Cocktailglas, fand das Rührstäbchen und zog es müßig durch die Flüssigkeit. Spencer Raft beugte sich zu ihr. Er duftete nach einem nicht zu benennenden Parfum, das in ihr den Wunsch erweckte, ihm näherzukommen.

»Das war ein ziemlich heftiger Sturz. Sind Sie wirklich sicher, dass alles in Ordnung ist?«, fragte er leise.

Sie spürte seinen Atem am Hals und an ihrem nackten Oberarm.

»Natürlich. Mir fehlt nichts.«

Seine Gesichtszüge waren sehr männlich, mit harten Flächen und deutlichen Kanten. Aber Allison konnte sie noch immer nicht richtig ausmachen, und das frustrierte sie, sie wusste allerdings nicht wirklich, weshalb.

»Sie trinken aus beiden Gläsern«, flüsterte er, und auch wenn sie sein Lächeln nicht sehen konnte, hörte sie es in seiner Stimme.

»Wirklich?« Ihr Atem stockte kurz, dann versuchte sie, Anns entzückendes Kichern zu imitieren. »Wie dumm von mir!«

»Und Sie haben die Pâté nicht aufgegessen, obwohl Davis sagte, Sie mögen sie so gern.«

Ann hatte ihr erzählt, dieser alte Freund von Davis sei eine Art Glücksritter, der in der ganzen Welt herumreiste und faszinierende Geschäfte betrieb. Was immer er machte, er war jedenfalls kein Dummkopf und ein wesentlich schärferer Beobachter als Davis.

»Ich bin nervös.«

»Wieso?«

»Ihretwegen.«

»Meinetwegen?«

»Davis wollte, dass Sie von mir einen guten Eindruck bekommen.«

Wie schlagfertig von ihr, so etwas zu sagen. Vielleicht war sie in Sachen Smalltalk doch kein so hoffnungsloser Fall. Das würde ihm gefallen, ihm schmeicheln und ihm ein erleichterndes Lachen abringen; er würde sich in seinem Stuhl zurücklehnen wie jeder Mann, dessen Ego gestreichelt worden war.

Aber zu ihrer Beunruhigung lehnte er sich nicht zurück, sondern er kam ihr sogar noch näher.

»Dann entspannen Sie sich. Ich bin sehr beeindruckt.«

Wieder konnte sie seinen Gesichtsausdruck nicht erkennen, dafür aber spüren. Sie hörte ihn aus seinem Tonfall heraus – zweideutig, schmeichelnd, sexy. Und es war ihr Ego, dem geschmeichelt wurde. Sie konnte fühlen, wie sein Blick von ihrem Haar nach unten wanderte, über ihre Brüste glitt und auf deren Spitzen verweilte, die geradezu sklavisch auf seine unwiderstehliche Stimme zu reagieren schienen.

Gott sei Dank kam in diesem Augenblick Davis wieder zurück. Ihr Herz hämmerte, und ihre Handflächen waren feucht vor Nervosität. Trotz ihres wunden Knies schlug sie die Beine übereinander und presste sie fest zusammen.

»Erzählen Sie mir von der Hochzeit«, sagte Spencer, als hätten sie über das Wetter geplaudert.

Das war sicheres Terrain. Sie kannte die Hochzeitspläne, denn Ann hatte jedes kleinste Detail mit ihr durchgesprochen.

»Es ist eine kirchliche Trauung, aber nur in kleinem Kreis und nicht sehr förmlich. Ich habe nur eine Brautjungfer, meine Schwester. Und Sie sind natürlich Davis' Trauzeuge.«

»Sie haben eine Schwester?«, fragte er höflich.

»Ja.« Davis nippte kichernd an seinem Scotch.

»Was ist daran so lustig?«, fragte Allison.

»Ich habe gerade an Allison gedacht.«

»Was ist mit ihr?«

»Na, nun hör mal, Süße. Du weißt, dass ich sie nicht heruntermachen will, aber du musst einfach zugeben, dass sie ein wenig seltsam ist.«

»Seltsam?«, fragte Spencer.

Noch ehe Allison etwas erwidern konnte, ergriff Davis das Wort.

»Sie sind Zwillinge«, erklärte er. »Vom Äußeren her kann man sie absolut nicht unterscheiden, aber in jeder anderen Hinsicht sind sie so unterschiedlich wie Tag und Nacht.«

»Wir sind unterschiedlich, ja, aber was meinst du, wenn du sagst, Allison sei seltsam?«

Sie hatte ihr Bestes versucht, um diesen Abend für Davis zu einem Erfolg zu machen, und nun beleidigte er sie; unwissentlich zwar, aber es kränkte sie deshalb nicht weniger.

»Na ja, ihr Benehmen, und wie sie sich anzieht.« Er wandte sich Spencer zu. »Wenn es je eine typische alte

Jungfer gegeben hat, dann ist sie es. Der einzige Sex, für den sie etwas übrig hat, ist der, der in ihrem Labor stattfindet. Neulich war sie total aufgeregt, weil sich zwei seltene Käfer gepaart hatten.«

»Es waren Mäuse. Ihre Arbeit ist von sehr großer Bedeutung!«, platzte Allison heraus.

»Ich behaupte ja nichts Gegenteiliges, aber …«

»Welche Arbeit?«, unterbrach ihn Spencer.

»Genforschung«, erwiderte Allison heftig abwehrend und riskierte damit eine spöttische oder unanständige Bemerkung des Mannes neben ihr.

Und genau so reagierte Davis.

»Wen interessiert denn schon das Sexualleben von Kakerlaken?«, fragte er höhnisch. »Sie hat dauernd mit lauter so grusligen Kriechtieren zu tun. Igitt!«

Er schnitt eine Grimasse und schüttelte sich.

»Wir sollten uns alle für die Arbeit interessieren, die ich … die Allison tut. Sie ist über Generationen hinweg wichtig für unsere Lebensqualität. Und mit dem Sexualleben von Kakerlaken hat sie noch nie etwas zu schaffen gehabt!«, erklärte sie hitzig.

»Das klingt nach einer interessanten Forschungsarbeit«, warf Spencer diplomatisch ein.

Davis lächelte Allison entschuldigend zu.

»Tut mir leid, Süße, vielleicht habe ich ein wenig zu dick aufgetragen. Vielleicht findet Spencer ja Gefallen an Allison. Er ist schließlich auch so ein Genie.«

Allison nippte an ihrem Wodka und fragte sich, ob der Alkohol oder ihre heftige Verteidigung schuld daran war, dass sie sich plötzlich besser fühlte.

»Ach ja?«

»Ja, er ist ein echtes Superhirn. Phi Beta Kappa-Mitglied, hochbegabt. Rhodes-Stipendiat.«

Allison betrachtete Spencer mit neuem Interesse. Sie

hatte ihn für ein Exemplar jener Sorte Mann gehalten, die sie verachtete – die Sorte, für die eine Frau nichts als ein Sexobjekt und denen nichts wichtiger als ihre physische Befriedigung war. Aber offensichtlich hatte er, trotz seines verantwortungslosen Abenteurerlebens, einigen Tiefgang.

»Ich würde Ihre Schwester – Allison? – gern einmal kennenlernen«, meinte er. »Für wen arbeitet sie denn?«

»Mitchell-Burns.«

»Aha«, sagte er und nickte.

Offenbar kannte er diesen Chemie- und Pharmakonzern, der auf vielen Gebieten von der Medizin bis hin zu Energiesparmaßnahmen Forschung betrieb.

Der Kellner servierte den Hauptgang. Allison zwang sich, das rote Fleisch zu essen und den roten Wein zu trinken, obwohl ihr beides zuwider war.

Getränke, die bei Raumtemperatur serviert wurden, waren in Ordnung, wenn man am Nordpol lebte. Ansonsten mochte sie alles, was nicht kochend heiß war, lieber eisgekühlt.

Außerdem tat der Wein in Verbindung mit dem Wodka ihrem ohnehin schon beeinträchtigten Sehvermögen nicht unbedingt gut. Sie wollte nach dem Wasserkrug greifen, doch ihre Hand stieß an ihr Weinglas. Es landete auf Spencers Ärmel und hinterließ auf dem Jackett aus Rohseide einen leuchtend roten Fleck.

»Oh Gott!«, sagte sie erschrocken und legte eine Hand auf ihre bloße Brust. »Das tut mir leid!«

Sie weinte nie. Ann war es, die dazu neigte, bei den geringsten Anlässen in Tränen auszubrechen. Doch jetzt spürte Allison einen überwältigenden Drang zu weinen. Sie musste furchtbar betrunken oder entsetzlich verlegen sein, oder aber schrecklich verletzt.

Und warum sollte sie sich auch nicht verletzt fühlen?

Heute Abend hatte sie erfahren, welch ein erheiterndes Gesprächsthema sie für ihre Schwester und Davis war. Wie viele andere Leute hielten sie noch für eine exzentrische alte Jungfer, die ihr Sexualleben durch ihre Versuchstiere im Labor auslebte? Der Gedanke widerte sie an; ihr Magen drohte, gegen das Essen zu rebellieren, das zu verdauen er gezwungen war.

»Oh, er wird noch größer.« Vergebens tupfte sie mit ihrer Serviette auf den Weinfleck in Spencers Sakko.

»Vergessen Sie ihn einfach.«

»Darling, ist mit dir wirklich alles in Ordnung?«, fragte Davis. »Du bist schon den ganzen Abend irgendwie nicht du selbst.«

In diesem Augenblick wollte sie ebenso sehr lachen wie weinen.

»Mir geht es gut«, versuchte sie trotz des hysterischen Lachens zu sagen, das ihr in der Kehle saß. »Ich vermute, ich bin noch ein bisschen zittrig von meinem Sturz.« Sie spürte erneut Gewissensbisse und wandte sich Spencer zu. »Das mit Ihrem Jackett ist mir wirklich unangenehm.«

»Machen Sie es wieder gut.«

»Wie denn?«

»Tanzen Sie mit mir.«

Sie wurde augenblicklich nüchtern.

»Tanzen?«, piepste sie.

2

»Komm, Ann«, sagte Davis. »Dann geht es dir gleich besser. Du tanzt doch so gern.«

Wie wahr. Ann tanzte in der Tat sehr gern, sie tanzte mit Stil und einem natürlichen Gefühl für Rhythmus. Allison hatte diese Kunst nie gemeistert.

Ihre Mutter hatte darauf bestanden, dass sie beide Unterricht in Ballett und Standardtanz bekamen. Aber selbst Allisons größte Bemühungen waren enttäuschend gewesen.

»Bitte«, sagte Spencer Raft. Er stand auf und reichte ihr eine Hand. »Es sei denn, Ihr Knie tut Ihnen noch weh.«

»Nein, nein, mein Knie ist in Ordnung.«

Was mir Kopfzerbrechen macht, sind eher meine beiden linken Füße.

Welche Wahl hatte sie? Sie war dem Mann in die Arme gefallen, noch bevor sie sich zum ersten Mal begrüßt hatten. Sie hatte sein Taschentuch mit Blut besudelt. Sie hatte sein Sportsakko ruiniert, das wenigstens dreihundert Dollar gekostet hatte. Wenn er sie in seinem Jackett mit dem großen Rotweinflecken zum Tanzen führen wollte, dann sollte sie ihm das nicht abschlagen, auch wenn sie eine Laufmasche im Strumpf hatte.

Wenn sie sich weigerte, würde Davis mit »Ann« sicherlich ärgerlich werden, weil sie zu seinem Freund unhöflich war. Das konnte Allison nicht zulassen.

Sie legte ihre Serviette beiseite und stand auf, und er ergriff ihren Arm.

»Wir sind gleich wieder da, Darling«, sagte sie noch über die Schulter zu Davis.

In einem Anflug von Panik fühlte sich Allison, als ob sie und Spencer Davis für immer hinter sich zurücklassen würden.

Der Mann, der sie auf die kleine Tanzfläche führte, schien eine unheimliche Fähigkeit zu besitzen, Menschen dazu zu bringen, dass sie taten, was er wollte. In ihrer Vorstellung schaffte er es ohne Probleme, eine Frau zu entführen, sogar vor den Augen ihres Verlobten.

Wenn es wirklich Ann gewesen wäre, die er in seine Arme schloss und gegen seinen Körper drückte, einen Körper, der Männlichkeit in ihrer ausgeprägtesten Form darstellte, dann hätte sie sich über die gemeinsame Zukunft ihrer Schwester mit Davis Sorgen gemacht.

Aber es war nicht Ann.

Es war Allison, die den subtilen Anweisungen seiner Hände und Arme gehorchte und sich ohne zu zögern in seine Umarmung begab. Sie hatte weit mehr Alkohol getrunken, als sie vertrug. Der Abend war so katastrophal verlaufen, wie sie es vorhergesehen hatte. Sie war es leid, jemanden zu spielen, der sie gar nicht war.

Aus all diesen Gründen ließ sie sich nun einfach an seine beschützende Wärme hinschmelzen. Wenn sie sich als kleines Mädchen verstecken wollte, hatte sie sich eine Decke über den Kopf gezogen in dem Glauben, dass niemand sie sehen würde, wenn sie niemanden sah. Genauso fühlte sie sich auch jetzt. Die Welt erschien ihr verschwommen, wie durch Nebelschwaden verhüllt, und hinter diesem Dunst versteckte sie sich. Niemand würde sie später für das, was dabei herauskam, verantwortlich machen können.

Aber war es nicht sonderbar, dass sie Spencer Rafts Führung mühelos folgen konnte, obwohl ihr das mit anderen Männern immer so schwergefallen war? Sogar mit ihren hohen Absätzen bewegte sie sich wunderbar im Takt, wiegte und schmiegte sich im Rhythmus der Musik an seinen Körper.

»Sie fühlen sich noch immer nicht wohl, auch wenn Sie das Gegenteil behaupten, stimmt's?« Seine Lippen bewegten sich in ihrem Haar. Sein Atem schlug leicht und warm an ihre Wange.

»Mir ist schwindlig«, gab sie zu. Mehr noch – alle ihre Organe schienen schwerelos geworden zu sein und sich in ihrem Körper neu anzuordnen.

Er legte eine Hand an ihren Hinterkopf und drückte sie an seine Brust. Dann sanken seine Finger in ihr Haar und begannen, ihre Kopfhaut zu massieren. Ihre Augen schlossen sich wie von selbst, doch sie riss sie erschreckt sofort wieder weit auf. Was machte sie bloß? »Bitte, Spencer«, murmelte sie und widersetzte sich seiner Hand an ihrem Hinterkopf in einem Versuch, zu ihm aufzublicken. »Ich … Davis …«

»Pst, schon in Ordnung. Sie haben einen schweren Abend hinter sich.«

Er manövrierte sie auf die andere Seite der Tanzfläche. Andere Paare schoben sich zwischen sie und den Tisch, an dem Anns vertrauensseliger Verlobter wartete. Das Licht war gedämpft. Wahrscheinlich konnte Davis ohnehin nicht sehen, wie Spencers Hand ihren Rücken auf und ab streichelte.

»Sie sollten mich nicht so halten«, protestierte sie schwach, doch gleichzeitig gehorchte ihr Kopf dem Diktat seiner Hand und sank wieder an seine Brust, deren markante Wölbung für die Form ihrer Wange wie geschaffen schien.

»Nein, das sollte ich nicht. Ich bin deswegen auch nicht gerade stolz auf mich«, erwiderte er halblaut. »Davis ist mein bester Freund.«

Doch seine Arme wurden noch eine Spur enger.

»Aber Sie fühlen sich so gut an. Ich wusste es.«

Es fühlte sich wirklich gut an, dieses perfekte Ineinandergreifen zweier Gegenstücke. Sie konnte sich nicht daran erinnern, sich ihres Körpers schon einmal so sehr bewusst gewesen zu sein. Bisher hatte immer ihr Verstand die Herrschaft über ihn ausgeübt; nun verlangte ihr Körper, dass sie ihn beachtete.

Ihre Haut fühlte sich fieberheiß an, doch es war eine Hitze, die von innen nach außen strömte. Und hatte sie ihre Brüste jemals so voll und schwer gespürt wie jetzt? Warum zogen ihre Brustwarzen und drückten gegen das hauchdünne Oberteil von Anns Kleid? Und wieso hatte sie dieses Bedürfnis, sie an seiner Brust zu reiben? Ihre Gliedmaßen fühlten sich zu bleiern an, um sich zu bewegen, doch ihr Herz pochte voller Energie. Sie spürte jeden Pulsschlag im Zentrum ihrer Weiblichkeit, die warm und unstet und von einer namenlosen Sehnsucht erfasst war.

Auch eines anderen menschlichen Körpers war sie sich noch nie so sehr bewusst gewesen. Alle ihre Sinne waren auf ihn ausgerichtet. Sie galt im Allgemeinen als groß, doch gegen ihn war sie ein Zwerg. Er war von seiner Schulter, auf der ihre Hand lag, bis zu seinen Schenkeln, die sich an den ihren bewegten, fest wie ein Fels. Auch ohne dass ihre Hände sich dessen vergewisserten wusste sie, dass seine Arme und Beine sehr kraftvoll und muskulös waren.

Aber sie spürte noch mehr. Trotz seiner körperlichen Stärke war er sehr sensibel. Und er konnte zärtlich sein. Selbst jetzt drückte sein Daumen langsame Kreise in ihre Handfläche, und die Finger seiner rechten Hand erforschten sacht ihre bloße Schulter.

»Ich habe noch nie eine rothaarige Frau mit einer Haut wie der Ihren gesehen. Haben die meisten Rothaarigen nicht ganz helle Haut?«

»Wir, meine Schwester und ich, haben unseren Teint von unserer Großmutter mütterlicherseits geerbt. Sie war Spanierin und hatte eine dunkle Haut. Die grünen Augen haben wir auch von ihr.«

»Und das rötliche Haar?« Langsam und gefühlvoll kämmte er mit den Fingern durch ihre dicken Strähnen.

»Unser irischer Großvater.«

»Eine höchst bunte und interessante Familie.«

Sie lachte in sein Hemd hinein. »In mehr als einer Hinsicht.«

»Ihre Zwillingsschwester etwa auch?«

Sie hob den Kopf und blickte ihn an.

»Nach dem, was Davis über sie sagte, glauben Sie wahrscheinlich, sie sei ein komischer Kauz. Das ist sie nicht.«

Er berührte ihre Wange. »Ist sie so hübsch wie Sie?«

»Danke.«

So verwirrend es war, ihm so nahe zu sein, fand sie es jedoch noch beunruhigender, ihm ins Gesicht zu sehen, diese hypnotisierende Stimme zu hören und noch immer nicht wirklich zu wissen, wie er eigentlich genau aussah. Sie ließ die Stirn an seine Achsel sinken.

»Wir sind äußerlich identisch, aber ansonsten sehr unterschiedlich.«

»Inwiefern?«

»Sie würde sich von Ihnen nicht so halten lassen.«

Genau. Schieb diese Verantwortungslosigkeit auf Ann. Nein, auf Allison. Über die sprachen sie doch gerade, oder nicht? Oh Gott, es wurde zu verwirrend, sich durch dieses Kuddelmuddel zu manövrieren. Sie konnte nicht mehr denken. Die geistigen Fähigkeiten, die ihr noch geblieben waren, verließen sie, je näher und länger Spencer sie im Arm hielt.

»Ich gehe besser an den Tisch zurück«, sagte sie und wand sich aus seiner Umarmung.

»Nein. Gerade hat ein neues Stück begonnen.«

Seine Arme gaben sie nicht frei. Kurz davor, eine Szene zu machen, die sie demütigen, Davis verärgern und eine lebenslange Freundschaft bedrohen würde, ließ sie zu, dass er sie erneut an sich zog.

»Wie lange sind Sie mit Davis schon verlobt?«

»Fast ein Jahr.«

»Lieben Sie ihn?«

»Natürlich!«, rief sie.

»Wirklich?«, beharrte Spencer.

Sie senkte den Blick. Verglichen mit ihren Lügen waren ihre tänzerischen Fähigkeiten so gut wie die von Ginger Rogers. Sie hatte sich noch nie im Leben aus irgendetwas herauslügen können.

»Ich liebe ihn sehr«, sagte sie steif.

»Lebt ihr zusammen?«

»Nein.«

Davis hatte Ann mehrmals gebeten, mit ihm zusammenzuziehen, aber aus Rücksicht auf ihre Eltern hatte sie es abgelehnt.

»Aber ihr schlaft miteinander.«

Ihre Wangen waren feuerrot vor Verlegenheit und Zorn, als sie zu ihm aufblickte.

»Das geht Sie überhaupt nichts an!«

»Ich will es aber wissen«, beharrte er trotzig.

Nicht weniger dickköpfig entgegnete sie: »Natürlich schlafen wir miteinander!«

Er drängte ruckartig die Hüften an ihren Unterleib, und sie konnte nicht verhindern, dass ihren Lippen ein vielsagendes Stöhnen entwich.

Zornig auf ihn und von Scham erfüllt drückte sie sich von ihm ab und kollidierte mit zwei Paaren, als sie geradewegs über die Tanzfläche zum Tisch zurückging. Davis stand auf und ergriff ihre Hand.

»Na, geht es dir jetzt besser?«

»Viel.«

Ihre Knie gaben nach, kaum dass sie ihren Stuhl erreicht hatte. Sie zitterte am ganzen Leib und hasste sich dafür.

Ja, sie benahm sich wie ein Schulmädchen in den Armen eines Mannes, für den Verführung ein geläufiges Freizeitvergnügen war. Wahrscheinlich beherrschte er alles, was mit Erotik zu tun hatte, aus dem Effeff.

Ann, die nach Davis verrückt war, hätte sich von Spencer nicht so halten und so kühn mit sich reden lassen. Sie hätte ihn ausgelacht, ihm eine Ohrfeige gegeben, ihm das Knie in den Unterleib gestoßen oder sonst etwas getan, aber sie hätte sich nie an ihn geschmiegt wie ein heimatloses Kätzchen, das man aus einer stürmischen Nacht ins Haus geholt hatte.

Wenn sie Spencer Rafts Charme auch nur ein bisschen nachgab, würde Davis wütend werden, nicht auf Allison, sondern auf Ann. Ann würde nie mehr mit ihr reden, wenn sie ihre Beziehung mit Davis gefährdete. Und sie …

Nun ja, sie würde sich mit Sicherheit nicht von einer Woge der Leidenschaft hinwegreißen lassen – von keinem Mann. Das wusste sie einfach.

Diese Art Romantik war nichts für einen praktisch veranlagten Denker wie sie.

Ihr gesunder Menschenverstand hatte für die Dauer

eines Tanzes ausgesetzt. Na und? Es war nichts passiert. Jedes Tier schnurrte zufrieden, wenn man es streichelte und liebkoste. Es würde auch nicht wieder vorkommen. In Zukunft würde sie diesen Mann meiden wie die Pest.

Für den Rest des Abends widmete sie ihre ganze Aufmerksamkeit Davis und reagierte auf Spencers Konversation lediglich so, dass Anstand und Etikette gewahrt blieben. Sie hatte Ann oft genug mit Davis zusammen gesehen und imitierte die offenkundige Zuneigung, die diese für ihn hegte. Davis schien von ihr überzeugt. Er sonnte sich in ihrer gespielten Begeisterung für ihn. Allison wagte jedoch nicht, Spencer anzusehen und seine Reaktion einzuschätzen.

Draußen vor dem Restaurant ließ Davis durch den Türsteher ein Taxi für Spencer rufen.

»Hier ist die Adresse meiner Wohnung und ein Schlüssel.« Er drückte seinem Gast einen Zettel und einen Schlüssel in die Hand. »Ich fahre Ann nach Hause hinterher und sehe zu, dass sie sicher ankommt.«

»Kann ich gut verstehen«, meinte Spencer. Dann trat er vor, legte leicht die Hände auf ihre Schultern und küsste sie freundschaftlich auf die Wange. »Gute Nacht, Ann. Sie sind alles, was Davis sagte ... und mehr.«

Er trat zurück, doch die Berührung seiner Hände brannte auf ihrer Haut. Dieser Mann mit seiner einnehmenden Stimme und seinem großen, starken Körper war eine Bedrohung, mit der sie nicht im Entferntesten umzugehen verstand. Sie hängte sich bei Davis ein, als wollte sie sich Schutz suchend an ihn klammern.

»Danke, Spencer. Gute Nacht. Es war nett, Sie endlich kennenzulernen.«

Erst als Spencer Rafts Taxi losfuhr, konnte sie wieder normal atmen.

Es war nicht einfach, aber sie schaffte es, ihre Brille aufzusetzen und nach Hause zu fahren, ohne dass Davis etwas merkte. Erst als sie Anns Wagen parkte, setzte sie sie wieder ab, und als Davis nachkam und sie sich an der Haustür trafen, war die Brille bereits wieder sicher in der Handtasche verstaut.

Sie sperrte auf, und er folgte ihr hinein mit einer Vertrautheit, die bei Allison sofort Entsetzen auslöste und sie mit einer weiteren schwierigen Situation konfrontierte, der es zu entrinnen galt.

»Gute Nacht, Darling«, sagte sie.

»›Gute Nacht, Darling‹? Ich würde am liebsten Hallo sagen. Ich habe dir den ganzen Abend lang keinen richtigen Kuss gegeben!«

Ehe sie es verhindern konnte, zog er sie in seine Arme und bedeckte ihre Lippen mit seinem Mund. Ihre erste Reaktion war, sie zusammenzupressen, doch sie wusste, dass das nicht angehen würde. Also erlaubte sie ihm, ihr einen intimen Kuss zu geben. Ihre Hände ließ sie zaghaft an seinen Hüften.

»Oh Gott, Annie«, flüsterte er ihr ins Ohr, als er endlich aufhörte. »Ich habe es heute Abend sehr vermisst, dass wir nicht unter uns waren. Wie gefällt dir Spencer?«

Sie konnte keinen Gedanken fassen, solange die Hand des Verlobten ihrer Schwester von ihrer Schulter über ihren Busen nach unten glitt.

»Äh … er war ch-charmant, ganz wie du gesagt hast.«

»Das hat er über dich gesagt. Ich habe ihm erzählt, wie toll du aussiehst und wie sexy du bist. Und er hat mir voll und ganz zugestimmt!«

»Oh!«, rief sie unwillkürlich, als er den Träger ihres Kleides nach unten schob.

Er zuckte überrascht zurück. »Was ist denn jetzt los?«
»N-nichts. Ich habe mich nur, äh, vor deinem Freund so dumm benommen. Ich hatte Angst, du würdest zornig sein.«

Er nahm sie wieder in die Arme und drückte sie fest an sich.

»Ich gebe zu, ich war entsetzt, als du der Länge nach auf den Gehsteig geknallt bist.« Er lachte. »Das hätte eigentlich besser zu Allison gepasst.«

Er hielt sie auf Armlänge vor sich und musterte sie vom Kopf bis zu den Füßen.

»Dir tut jetzt aber nichts mehr weh, oder etwa doch?«

»Nein.« Allison, der Trampel, Allison, die alte Jungfer, Allison, das amüsante Gesprächsthema, warf ihm ein kurzes, unaufrichtiges Lächeln zu. »Mir fehlt nichts.«

»Gut«, brummte er.

Während seine Lippen ihren Hals hinunterwanderten, liebkoste seine Hand ihre Brust und hob sie schließlich aus ihrem Oberteil heraus.

Von Panik erfasst, wich sie zurück. »Davis!«

»Was denn?« Er stemmte die Hände in die Hüften und musterte sie mit jener Aggressivität, die nur einem Mann eigen war, der sexuell nicht ans Ziel seiner Wünsche gelangte. »Was ist heute Abend bloß los mit dir?«

Allison wollte ihm unzweideutig sagen, dass nichts mit ihr los war, dass es ihr gutes Recht war, nein zu sagen, wenn ihr – verdammt noch mal – danach war. Aber Ann hätte das nicht gemacht. Was würde Ann tun, wenn sie keine Lust auf Sex hatte, ihn aber nicht schroff abweisen wollte?

Sie legte ihre zitternde Hand an den Hals.

»Nichts ist los. Ich bin nur …«

Verzweifelt suchte sie nach einer logischen Erklärung. Ann hatte gesagt, er würde nicht erwarten, dass sie mit ihm ins Bett ging, weil … Warum? Ach ja, die Pille. Sie zwang sich zu dem für Ann typischen weichen, femininen Lächeln.

»Ich will nur nichts anfangen, das wir nicht zu Ende bringen können.« Um es noch überzeugender zu machen, fuhr sie mit einer Hand unter der Knopfleiste seines Hemds hoch und streichelte ihn am Kinn.

»Na ja, wahrscheinlich hast du Recht.« Er fuhr sich nervös durch die Haare. »Wie lange noch?«

»Nicht mehr lange«, sagte sie mit ihrem besten Schlafzimmerblick. »Ich halte es nicht mehr sehr lange ohne aus.«

Sie hatte diese Phrase neulich in einem Film gehört, aber redeten Liebende wirklich so miteinander?

»Ich auch nicht, Baby.« Er zog sie an sich und küsste sie keusch. Nun ja, beinahe keusch. »Ich fahre jetzt besser.«

»Okay.« Sie legte einen Arm um seine Hüfte und begleitete ihn zur Tür. »Gute Nacht.«

Sie stellte sich auf die Zehenspitzen und küsste ihn auf den Mund.

»Gute Nacht.« Er ließ eine Hand zärtlich über ihren Po gleiten. Sie lächelte ihm hölzern zu und winkte ihm, bis er in seinem Wagen saß und losfuhr.

Sobald sie die Tür hinter sich geschlossen hatte, lehnte sie sich daran, schloss die Augen und atmete mehrmals tief durch. Sie hatte es überstanden. Bis auf das, dass sie auf einem öffentlichen Gehsteig gestürzt war und Davis' Playboy-Freund beim Tanzen zu nahe an sich herangelassen hatte, war nichts allzu Schlimmes passiert. Wie viele Abende noch? Zwei? Drei? Vielleicht konnte sie ja morgen vorgeben, eine von diesen üblen, virusbedingten Magenverstimmungen zu haben.

Mit dieser ermutigenden Möglichkeit im Sinn ging sie in Anns Schlafzimmer. Sie hatte ein paar ihrer eigenen Sachen mitgebracht, darunter ein altes Hemd ihres Vaters, in dem sie normalerweise schlief. Vor Jahren schon hatte sie es einmal aus dessen Schrank mitgehen lassen. Die langen Ärmel rollte sie zum Schlafen zurück, und der Saum reichte ihr bis an die Oberschenkel.

Sie wusch sich und putzte sich die Zähne. Dann dachte sie daran, dass sie in der Tasche mit ihren Utensilien zum Übernachten eine Ersatz-Kontaktlinse hatte und setzte sie probehalber ein. Wie schön die Welt war, wenn man sehen konnte! Sie seufzte erleichtert; wenigstens musste sie nicht zum Optiker gehen und sich eine neue Linse kaufen.

Gerade als sie die Linsen herausnehmen und zu Bett gehen wollte, klingelte es an der Tür. Davis? Hatte er etwas vergessen? Barfuß schlich sie durch die abgedunkelten Räume, der Saum ihres »Nachthemds« streifte ihre Schenkel. Sie öffnete und steckte den Kopf hinaus, ihren Körper hielt sie hinter der Tür verborgen.

»Hallo, Ann.«

Sie gab einen seltsamen Laut von sich – ein kurzes Keuchen, gefolgt von einem saugenden Geräusch. Er war einfach schön. All die bislang verschwommenen Ecken und Kanten seiner Gesichtszüge fügten sich zu starker, beeindruckender Klarheit und einer attraktiven Kombination aus Verwegenheit und geschliffenem Charme.

Dunkles Haar, verführerisch außer Kontrolle geraten. Eine hohe, intelligente Stirn und Augenbrauen, die wild und buschig waren, aber sehr ausdrucksstark. Tiefblaue Augen, deren Blick sie durchdrang wie ein Laserstrahl, umrahmt von langen schwarzen Wimpern.

Eine Nase, um die ihn jeder Mann einfach nur beneiden konnte. Sein Mund … beim ersten klaren Anblick seiner sinnlich geformten Lippen, von denen sich die untere noch ein wenig mehr wölbte als die obere, bekam sie fast ein flaues Gefühl im Magen.

Jede weibliche Zelle ihres Körpers reagierte auf die geballte Männlichkeit, die ihr gegenüberstand. Ihre Brüste begannen zu schmerzen; die Spitzen kribbelten. An den Innenseiten ihrer Schenkel machte sich eine sanfte Erregung bemerkbar. Sie fühlte sich vom Scheitel bis zu den Zehenspitzen, die sich in den tiefen Teppich ihrer Schwester eingruben, butterweich und geschmeidig. Sie, die nie viel Wert auf Äußerlichkeiten und Aussehen gelegt hatte, reagierte jetzt ausschließlich auf Spencer Rafts gutes Aussehen.

Sie konnte nur hoffen, dass das Chaos in ihr nicht von außen sichtbar sein würde. Sie zog sich noch etwas weiter hinter die Tür zurück. »Davis ist schon weg.«

»Ich weiß. Ich habe gesehen, wie er wegfuhr.«

»Was machen Sie dann noch hier?«

»Ich bin zu dir gekommen.«

Nicht zu ihr. Nicht zu Allison. Er war zu Ann gekommen.

»Hm, das hätten Sie nicht tun sollen.«

»Das weiß ich auch. Ich bin aber trotzdem da.«

»Wie sind Sie hergekommen?«

»Ich habe mir einen Wagen gemietet und deine Adresse im Telefonbuch nachgeschlagen. Dann habe ich für Davis eine Nachricht hinterlassen und erklärt, dass ich erst später kommen werde. Lässt du mich rein?«

»Nein.«

»Dann muss ich mir leider selbst Einlass verschaffen.« Fast mühelos drückte er die Tür auf und trat ein.

Sie stand da mit nichts als ihrem zu großen Hemd,

das im Lauf der Jahre weich und dünn geworden war. Wenn er nicht so blind war wie sie ohne ihre Brille, dann musste er sehen, dass sie nichts darunter hatte außer einem knappen Höschen, und darüber lediglich ein aufblühendes Erröten.

Die blauen Augen nahmen sich Zeit, sie zu begutachten, und hielten dabei immer wieder an bestimmten Stellen inne – mit der Folge, dass sich die Wärme, die sie spürte, und die kräftige Farbe weiter ausbreiteten. Sein Blick schien sich durch den Baumwollstoff zu brennen und ihre Haut zu berühren, sie zu küssen, zu brandmarken.

Lange Zeit studierte er ganz genau ihre Gesichtszüge.

»Du hast unglaublich schöne Haare.« Er griff nach einer der welligen Strähnen, die betörend über ihrer Schulter lag.

»Und Sie unglaubliche Nerven!«

Allison schlug seine Hand zur Seite und trat einen Schritt zurück. Sie war zornig und musste sich eingestehen, dass ihr Zorn zum Teil daher rührte, dass er sie für Ann hielt. Wäre sie heute Abend nicht mit wallendem Haar und einem hautengen Chiffonkleid im Restaurant erschienen, sondern als die unelegante Allison, dann wäre er höflich gewesen, aber er würde jetzt nicht hier stehen mit diesem sengenden Blick, mit dem er ihr das Hemd ihres Vaters praktisch vom Leib schmolz.

»Du meinst, wegen Davis?«

»Natürlich wegen Davis!«, schrie sie. »Ich glaube kaum, er weiß, dass sein bester Freund seiner Verlobten so spät am Abend noch einen Besuch abstattet!«

»Du hast Recht, er weiß es nicht.«

»Er hält so viel von Ihnen. Alles, was ich von ihm gehört habe, seit ich ihn kenne, ist Spencer dies und Spencer das. Und jetzt …«

»Ist ja gut!«, unterbrach er sie barsch. Einige Augenblicke lang schaute er betreten auf den Boden zwischen seinen Schuhen. Als er Allison wieder anblickte, verriet seine Miene eine Mischung aus Qual und Bedauern.

»Glaubst du vielleicht, ich hätte geplant, dass ich mich so zu dir hingezogen fühle? Glaubst du, ich hätte geplant, dass das passiert?«

»Nichts passiert.«

Sie fühlte ein fieberhaftes Bedürfnis zu protestieren, nicht nur um Anns, sondern auch um ihrer selbst willen. Denn es passierte natürlich etwas. Und für sie war es das erste Mal, dass es passierte. Bevor sie Spencer Raft kennenlernte, hatte sie die Vorstellung von einer sofortigen, leicht hervorzurufenden sexuellen Anziehung für einen Köder gehalten, den die Werbung benutzte, um Parfüm und Zahnpasta zu verkaufen. Aber nein. Er war real.

»Nichts passiert«, wiederholte sie im Versuch, sich selbst zu überzeugen.

Eine seiner buschigen Brauen ging fragend nach oben.

»Nein?«

Sie trat von einem nackten Fuß auf den anderen und fuhr sich nervös mit der Zunge über die Lippen. »Nein.«

»Du lügst schon wieder, Ann. Wenn du nicht gerade etwas erleben würdest, das in dir ein Schuldgefühl auslöst, dann hättest du mich mit einem freundlichen Lächeln willkommen geheißen und mich gebeten hereinzukommen, und wahrscheinlich hättest du vorgeschlagen, dass wir Davis ausfindig machen und dann alle zusammen einen mitternächtlichen Imbiss einnehmen.«

Er hatte Recht. Ann hätte das getan. Aber sie war

nicht Ann! Warum es ihm nicht einfach sagen? Warum sollte sie nicht einfach lachen und sagen: »Hör mal, du wirst es nicht glauben, aber …«, und ihm dann von Anns Plan erzählen?

Weil sie es dann erst recht mit ihm hätte aufnehmen müssen. Und wenn sie das schon nicht schaffte, so lange sie vorgab, Ann zu sein, wie konnte sie dann auch nur hoffen, damit als Allison fertig zu werden?

Er spürte ihre Bestürzung, und seine Miene wurde erkennbar weicher.

»Du denkst das Allerschlimmste von mir. Darf ich dir etwas von mir erzählen, damit du nicht glaubst, ich tue so etwas öfter?«

»Sie verführen nicht ständig irgendwelche Frauen?«, fragte sie frostig im Versuch, ihn herauszufordern.

Er grinste, und ihr Hochmut schmolz. Kein weibliches Wesen konnte der sexy Ausstrahlung dieses Lächelns widerstehen.

»Ich verführe nicht die Freundin meines besten Freundes, nein. Selbst für jemanden, der so abgebrüht und unheilig ist wie ich, ist das das erste Mal.«

Seine neckische Bemerkung reizte sie.

»Davis hat mir erzählt, dass Sie in Ihrem Boot um die ganze Welt fahren. Er sagt, Sie sind ein Abenteurer, so eine Art Söldner. Ich bin sicher, Sie spielen dieses Spiel, um sich zu amüsieren, aber ich halte das absolut nicht für lustig. Und jetzt gehen Sie bitte, bevor ich …«

Er trat einen Schritt näher. »Bevor du was?«

Sie schluckte und wich zurück, gerade als er vortrat.

»Bevor ich Davis anrufen und ihm sagen muss, was Sie vorhaben«, sagte sie außer Atem.

»Und das wäre?«

»Mich zu verführen.«

Ihr Rücken stieß an die Wand, sie hatte keinen Raum

mehr, um noch weiter zurückzuweichen. Er kam ihr näher und näher, bis sich seine Beine zwischen den ihren befanden und seine Hände sich zu beiden Seiten ihres Kopfes an der Wand abstützten. »Tue ich das?«

Sein Atem strich über ihr Gesicht. Er strahlte eine unverblümte Sexualität aus, die auf sie wirkte wie der unablässige Schlag von Wellen, die gegen sie brandeten.

»Etwa nicht?«

Ein Lächeln erschien auf seinen Lippen.

»Das müsstest du eigentlich selbst wissen, meinst du nicht? Ich kann nur gestehen, dass ich mein Bestes versuche, um dich zu verführen. Aber du bist der einzige Mensch, der sagen kann, ob es funktioniert.«

Oh, und wie es funktionierte! Sie schmolz dahin, dort, an der Wand, und ihr Kopf war wie benebelt. Ihr Puls schlug plötzlich an bisher unvorstellbaren Stellen – unanständigen, verbotenen, wunderbaren Stellen.

»Als wir tanzten, hast du es gespürt, nicht wahr?« Er rieb seine Nase seitlich an ihrem Hals.

Ohne es zu wollen, schloss sie die Augen. Ja, sie hatte es gespürt. Schließlich hatte sie nicht zehn Jahre lang Biologie studiert, um dann nichts über die männlichen Körperteile zu wissen, auf die es ankam. Und die seinen funktionierten ganz offensichtlich wunderbar.

Sie hatte es überdeutlich gespürt, als er seine Hüften gegen ihren weichen Unterleib drückte. Sie konnte nicht umhin, ein derartiges Verlangen, eine solch offenkundige Erregung, eine derart lüsterne Männlichkeit zu spüren. Aber sie hatte auch ihren Stolz.

»Was gespürt?«, fragte sie mit belegter Stimme, sobald sie die Augen wieder geöffnet hatte.

»Dieses Kribbeln, das irgendwo hier anfängt.« Er setzte seinen Zeigefinger auf ihren Bauch. »Und sich dann nach oben und ungefähr hierhin fortsetzt.«

Sein Finger fuhr in einer Zickzacklinie nach oben zu ihren Brüsten und umkreiste langsam eine davon.

»Bis man es hinten in der Kehle spürt.« Der Finger erforschte zärtlich das flache Dreieck unter ihrem Kehlkopf. »Und dann zieht es und zieht und zieht und landet schließlich mit einer sanften Explosion ungefähr«, sein Finger glitt über ihren Bauch nach unten, über ihren Nabel, und hielt erst am Saum ihres Höschens inne; dort öffnete er die Hand und legte sie mit leichtem Druck auf ihren Bauch, »ungefähr hier.«

Seine letzten Worte waren ein kaum mehr hörbares Flüstern.

Sie stöhnte; ihr Kopf fiel nach vorn gegen seine Brust. »Bitte, nicht.«

Die Nachwirkungen dieser »sanften Explosion« wogten durch sie wie die sich ausbreitenden Wellen in einem Teich, der jahrelang vollkommen unberührt gewesen war.

Er nahm ihr Gesicht zwischen seine Hände und hob es an. »Ich finde den Gedanken, meinen besten Freund zu hintergehen, verwerflich. Davis zu verletzen, ist das Allerletzte, was ich tun möchte. Du musst also wissen, welche Wirkung du auf mich hast, wenn ich sogar riskieren würde, eine lebenslange Freundschaft zu zerstören, indem ich mich dir auf diese Art und Weise nähere.«

»Du hättest das nicht tun sollen.«

»Wenn ich auf mein Gewissen gehört hätte, dann würde ich es auch nicht tun.«

»Aber du hast nicht darauf gehört.«

»Mein Herz schlug so laut, dass ich es nicht hören konnte.«

»Das ist unmöglich.«

»Wirklich? Finden wir es heraus.«

Als Erstes spürte sie seine Daumen, die abwechselnd über ihre Unterlippe strichen. Dann legte sich feucht und warm sein Atem über ihre Lippen. Und schließlich bedeckte er ihren Mund mit seinem, und in diesem Augenblick schoss ein Pfeil der Lust von diesem Kontaktpunkt ins Zentrum ihrer Weiblichkeit und erschloss Gefühle, die sie noch nie gekannt hatte.

»Spencer!«

Diese Empfindung war für sie so neu, so ergreifend und umwerfend, dass sie entsetzt seinen Namen ausrief.

»Oh, ja«, flüsterte er, legte seinen Arm um sie und drückte sie ganz an seine Brust.

Ein Arm glitt zum unteren Teil ihres Rückens, der andere umschloss ihre Schultern, er zog sie besitzergreifend an sich. Sein Kopf neigte sich zur Seite, die Lippen rieben sich auf ihren. Er drückte fester, seine Zunge erforschte die Ränder ihres Mundes.

Die Berührung seiner feuchten, samtenen Zunge öffnete ihn. Mehr brauchte er nicht als Einladung. Seine Zunge ging auf Erkundung; gierig und rastlos bewegte sie sich in ihrem Mund, bis er sicher sein konnte, dass Allison ihm das Recht dazu einräumte. Dann bewegte er sie auf unzweideutig rhythmische Art, und sein Körper drängte noch dichter an sie.

Arme Ann, dachte Allison. Sie würde durchs Leben gehen und sich mit Davis' faden Küssen zufriedengeben, ohne dies jemals zu erleben.

Seine Hand ergriff unter ihrem Hemd eine Brust und massierte sie liebevoll. Der Daumen neckte zärtlich die Brustwarze, und als sie sich aufrichtete, murmelte er »ihren« Namen. Seine Lippen streiften über die ihren. »Ann, Ann. Ich wusste, dass es mit uns so kommen würde.«

Der Name ihrer Schwester war für sie wie ein Schlag ins Gesicht, der ihre Trance zerbersten ließ. Sie riss sich von seinen Lippen los und entzog sich seiner Zärtlichkeit.

Verblüfft ließ er sie los, und sie trat rasch in die Mitte des Raums. Dort blieb sie stehen, verschloss die Augen vor ihrem für sie so untypischen Benehmen und umklammerte hilflos ihre Taille im Versuch, ihre Balance wiederzufinden.

Er beobachtete sie genau, als sie sich nach einer Weile wieder ihm zuwandte. Sie wusste, dass er auf Distanz bleiben würde, nicht weil er es wollte, sondern um ihr Zeit zu geben, ihre Gedanken zu sortieren.

»Du musst gehen, Spencer. Jetzt gleich. Und vergiss, dass … dass dieser Kuss je geschehen ist.«

»Wenn du es willst, dann gehe ich, aber den Kuss werde ich nicht vergessen.«

»Du musst!«, rief sie verängstigt.

Er hielt sie für Ann. Heute Abend war sie Ann gewesen, aber morgen würde sie wieder die unelegante, kopfgesteuerte Allison sein, und er würde ihr niemals hinterherschauen. Und davon abgesehen – das, was zwischen ihnen vorging, konnte Anns Beziehung mit Davis ruinieren.

»Ich kann ihn nicht vergessen«, sagte er bestimmt. »Ich habe nicht vorgehabt, in dieses Restaurant hineinzugehen und sofort die Verlobte meines Freundes zu begehren, aber es ist nun einmal so gekommen. Als ich hinausging, dachte ich, vielleicht war ich wirklichkeitsfremd. Vielleicht hat mir das romantische Kerzenlicht einen Streich gespielt und dich für mich zur begehrenswertesten Frau gemacht, die ich je getroffen habe. Oder vielleicht war ich einfach nur eifersüchtig auf das, was Davis für dich fühlt.«

Er trat einen Schritt näher, doch als er die Hand nach ihr ausstreckte, zuckte sie zurück. Seine Miene wurde ernst und entschlossen.

»Aber nun habe ich dich geküsst. Und das hat mir den Rest gegeben. Glaubst du im Ernst, dass ich mich jetzt einfach umdrehe, fröhlich meiner Wege ziehe und vergesse, was passiert ist? Niemals. Ich bin aus anderem Holz geschnitzt.«

»Du nimmst dir, was du willst, verstehe ich das richtig so?«

»Jawohl.«

»Und die Konsequenzen sind dir egal.«

Im Versuch, sein Temperament zu zügeln, presste er die Lippen zusammen.

»Auch wenn es anders aussieht – ich bin ein Ehrenmann«, erklärte er dann. »Ich will dich, Ann. Und nach allem, was ich erlebt habe, glaube ich, dass auch du mich willst. Aber Davis steht zwischen uns. Ich muss mir also etwas einfallen lassen, nicht wahr?«

Bei dieser nicht gerade eindeutigen Aussage befiel sie eine eisige Panik. Krampfhaft hielt sie den Kragen ihres Hemds fest.

»Was soll das heißen, du musst dir etwas einfallen lassen?«

»Überlass das alles mir.« Mit drei großen Schritten war er bei ihr und küsste sie.

»Nein, Spencer, hör mir zu. Du darfst nicht …«

Er küsste sie noch einmal. Und dann, während sie versuchte, sich wieder zu fassen, ging er einfach hinaus.

Gedankenschwer starrte Allison sekundenlang auf die geschlossene Wohnungstür. Schließlich bedeckte sie den Mund mit ihrer zitternden Hand und sagte zu sich: »Mein Gott, was habe ich bloß getan?«

3

Am nächsten Tag um ein Uhr fuhr Allison in die Klinik, um sich nach Ann zu erkundigen.

»Sie ist noch im Aufwachraum, aber Sie können schon hineingehen.«

Die Krankenschwester beschrieb ihr den Weg, und Allison schritt die gefliesten Flure entlang. Sie waren anders als in normalen Krankenhäusern. Diese Flure wurden nicht Zeugen von Tragödien; an ihren Wänden hingen feine Lithographien, und Strahler setzten die Bilder und die üppigen tropischen Pflanzen ins beste Licht. Anstatt mit den Patienten in diesen Räumlichkeiten Mitgefühl zu haben, konnte man sie fast um diese heitere, erholsame Umgebung beneiden.

Allison hatte nach einer schlaflosen Nacht um sieben Uhr morgens in der Klinik angerufen, doch man hatte ihr lediglich mitgeteilt, dass Miss Leamon bereits auf dem Weg in den OP sei und sich für mehrere Stunden unter Narkose befinden werde. Sie möge doch bitte gegen Mittag noch einmal anrufen.

Im Aufwachraum waren noch zwei andere Patientinnen, die beide von Pflegerinnen versorgt wurden. Ann lag in dem Bett gleich neben der Tür. Sie hatte die Augen geschlossen, doch die Injektionsschläuche und die anderen medizinischen Geräte waren bereits entfernt. Sie schlief, die Arme seitlich am Körper angelegt. Unter dem Klinik-Nachthemd sah Allison den Verband. Sie verzog das Gesicht.

»Annie?«, flüsterte sie.

Ann bemühte sich, die Augen zu öffnen und Allison anzusehen.

»Hallo.«

Sie schien das Wort wie eine Murmel im Mund herumzurollen, ehe es endlich herauskam.

»Wie geht es dir?«

»Gut. Sehr schläfrig.« Sie zuckte zusammen, als sie die Schultern bewegte. »Ich würde mich wirklich elend fühlen, wenn ich nicht wüsste, wie toll ich ab sofort in meinem Bikini aussehe.«

Allison versuchte zu lächeln, aber es wurde nur ein besorgtes Stirnrunzeln daraus. Trotz ihrer Benommenheit kicherte Ann leise.

»Schau nicht so besorgt. Mir geht es gut, wirklich. Der Doktor sagte ...«, ihre Aussprache wurde undeutlich, und ihre Lider schlossen sich; sie musste sie mit Gewalt wieder öffnen, »sagte, alles ist perfekt verlaufen.«

»Gut. Das freut mich. Wann darfst du auf dein Zimmer?«

Anns Kopf rollte auf eine Seite des festen Kissens.

»Bald, glaube ich«, sagte sie dumpf und schloss wieder die Augen.

Allison fühlte sich hilflos und verlegen. Sie hatte in der Nacht zuvor kaum geschlafen, weil sie sich Sorgen machte über das Dilemma, in das Ann ihretwegen geriet. Den ganzen Morgen hatte sie überlegt, was sie tun konnte, um die Sache wieder auszubügeln. Ihre erste Idee war gewesen, Ann alles zu erzählen, was sich ereignet hatte. Aber in diesem Zustand konnte Ann ihr sicher nicht folgen.

»Annie?«

Sie versuchte es noch einmal und schüttelte die Hand ihrer Zwillingsschwester.

Als sich die grünen Augen erneut öffneten, sagte sie: »Lass mich Davis anrufen. Er wäre außer sich, wenn er wüsste, dass du ohne sein Wissen eine Operation machen lässt. Er sollte hier sein und deine Hand halten, nicht ich. Er wird sehr böse mit dir sein, wenn er erfährt, dass du ihm das verheimlicht hast.«

»Bitte, Allison, nicht«, krächzte Ann mit heiserer Kehle. »Noch nicht.«

»Aber er sollte Bescheid wissen.«

»Er wird. Ich will nicht, dass er mich sieht, bevor der Verband wegkommt und ich wieder schön aussehe.«

»Wie du aussiehst, spielt keine Rolle. Er liebt dich.«

»Bitte, Allison, tu mir den Gefallen.«

Sie schloss wieder die Augen, und es sah aus, als sei sie eingeschlafen. Allison fragte sich, ob sie sich schlafend stellte. Als Kind hatte Ann viele unangenehme Dinge vermieden, indem sie sich schlafend gestellt hatte.

»Ich rufe dich später an«, sagte Allison pflichtbewusst, ließ Anns Hand los und ging.

Sie konnte nicht umhin, sich über ihre Schwester zu ärgern. Ann hatte ihr schließlich diese Situation aufgebürdet, und jetzt verschlief sie sie einfach, und Allison durfte alles ausbaden und sich um eine Lösung bemühen.

»Na ja, es ist schließlich nicht meine Schuld, wenn ihre Verlobung in die Binsen geht!«, sagte sie sich, während sie durch die schwere Kliniktür in die helle Sonne von Georgia trat. Aber so einfach war das nicht. Alle würden sie für das Fiasko verantwortlich machen – nicht zuletzt sie selbst.

Auf dem Weg zurück ins Labor versuchte sie die ganze Zeit, sich von jeglicher Schuld loszusagen, aber keines ihrer Argumente klang in ihren Ohren wirklich überzeugend. Sie hatte mit diesem Mann getanzt. Sie hatte ihn in Anns Wohnung gelassen. Sie hatte ihm Freiheiten erlaubt, die sie normalerweise mit einem einzigen strafenden Blick unterbunden hätte. Sie hatte ihm gestattet, sie zu küssen.

Und sie hatte seinen Kuss erwidert.

Ein anmaßender Playboy inszenierte eine Scharade für Ann, die er in Wirklichkeit nie kennengelernt hatte. Er war im Begriff, eine wunderbar funktionierende Beziehung zu zerstören, indem er eine Dreiecksgeschichte daraus machte, und keine der darin verwickelten Personen war sich wirklich darüber im Klaren, was eigentlich vor sich ging. Und sie, die Außenstehende, war für dieses ganze Dilemma verantwortlich und konnte doch nichts dagegen unternehmen – es sei denn, sie riskierte, als verzweifelte alte Jungfer dazustehen, die vorgab, ihre Schwester zu sein, um sich den Kuss eines Mannes zu erschleichen.

Im Vergleich mit dieser Situation war der Zwiespalt, in dem sich Bette Davis befunden hatte, ein harmloser Scherz.

Natürlich, ich könnte mir unnötigen Ärger einhandeln, dachte sie, als sie das Gebäude betrat, in dem sich ihr Labor befand. Vielleicht würde sie Spencer Raft ja nie mehr wiedersehen. Er war der Typ, der nur zu seiner eigenen perversen Befriedigung einen Kuss von der Verlobten seines besten Freundes rauben und sich dann nach etwas Besserem umsehen würde. Davis hatte ja gesagt, dass er nie lange an einem Ort blieb. Vielleicht war er schon jetzt auf dem Weg zurück nach Hilton Head, wo seine Yacht vor Anker lag, bereit, neuen Horizonten entgegenzusegeln …

Allison runzelte die Stirn; sie musste an seine entschlossene Miene denken, als er letzte Nacht gegangen war. Er sah nicht aus wie ein Mann, der sich von den Launen des Glücks hin- und herreißen ließ. Er sah auch nicht aus wie ein Mann, der seine Zukunft dem Zufall überantwortete. Nein, er sah eher aus wie ein Mann, der sein Schicksal in die Hand nahm. Und wenn er von einer Frau, die für ihn tabu war, Küsse raubte, was würde er dann noch alles zu rauben versuchen?

Dieser Gedanke machte sie so nervös, dass sie sich kaum auf das Experiment konzentrieren konnte, an dem sie schon seit Monaten arbeitete. Es war ein wichtiger Versuch zur Frage des Einflusses von Vererbung und Umwelt auf die Intelligenz.

Allison war von Anfang an von den widersprüchlichen Theorien darüber fasziniert gewesen, was für die Intelligenz maßgeblich sein sollte. Ihrer Überzeugung nach lag die Wahrheit irgendwo in der Mitte zwischen der Ansicht, der IQ beruhe auf genetischen Faktoren, und der Meinung, dass die Umwelt die maßgebliche Rolle spiele. Heute jedoch konnten weder dieses für sie normalerweise interessante Thema noch ihr diesbezügliches Experiment sie von ihren Gedanken an Spencer ablenken. Sie brachte es lediglich fertig, sich am Nachmittag so weit zu konzentrieren, dass sie ihre Versuchsergebnisse ins Labortagebuch eintragen konnte.

»Schlaues Kerlchen.«

Es war spät. Die Sonne warf lange, schräge Schatten auf den Boden. Als sie die Stimme ihres Chefs hörte, blickte Allison über die Schulter. Dr. Hyden stand vor einer Ratte, die von einigen anderen durch einen extra Käfig getrennt war.

»Wirklich, das ist er«, sagte sie stolz. »Das ist Alexander der Große.«

»Schlau geboren«, kommentierte der Wissenschaftler. »Wie du!«

Dr. Hyden kniff ihr freundschaftlich in die Wange. Seit Antritt ihrer Stelle bei Mitchell-Burns arbeitete sie mit Dr. Dirk Hyden zusammen, und sie verehrte ihn. Er hatte etwas herrlich Verstaubtes an sich und verkörperte wie kein zweiter den Typ des geistesabwesenden Genies. Oft suchte er nach seiner Brille, die er auf die Stirn geschoben hatte; auf seiner Krawatte waren meistens jede Menge Flecken, und sein Laborkittel war zwar immer sauber, allerdings kaum je gebügelt. Aber er galt als auf ihrem Gebiet führend; Allison erschien es damals als das reine Glück, in sein Team aufgenommen zu werden. Und er erwiderte die Bewunderung und Zuneigung, die sie für ihn hegte.

Allison betrachtete Alexander den Großen nachdenklich und streichelte ihn mit einem Finger durch die Gitterstäbe des Käfigs hindurch.

»Du findest es anscheinend nicht sehr aufregend, dass deine Experimente deine Hypothesen bestätigen«, bemerkte Dr. Hyden.

»Oh, doch. Es ist nur so, dass ich noch andere Dinge im Kopf habe. Meine Schwester wurde heute operiert.«

Dr. Hydens Miene verdüsterte sich.

»Doch nichts Ernstes, hoffe ich?«

»Nein, nein, nichts Ernstes«, versicherte ihm Allison. »Ich mache mir nur ein bisschen Gedanken.«

Dr. Hyden schätzte Allisons Einsatz für ihr gemeinsames Forschungsprogramm, aber er hätte ihr auch etwas gewünscht, das ihr Privatleben einigermaßen ausfüllte. Zu viel Zielstrebigkeit war gerade für so eine junge Frau nicht gesund. In den Jahren ihrer gemeinsamen Arbeit hatte er gelernt, in ihr mehr zu sehen als nur einen weiteren begabten jungen Wissenschaftler.

»Was nimmst du als Nächstes in Angriff?«

»Noch ein paar andere Tests.«

»Na, dann freue ich mich schon heute darauf, deinen Bericht samt detaillierter Beschreibung zu lesen«, sagte er, am Revers seines Laborkittels zupfend und auf den Zehenspitzen hin und her wippend. »Zu schade, dass wir nicht menschliche Versuchspersonen paaren können, was?«

Sie lachte.

»Das wäre ein Wissenschaftlertraum – ein physisch und geistig perfekt passendes Paar zusammenzubringen und das Wachstum des Fötus zu dokumentieren. Dann nach der Geburt das Kind nach einem sorgfältig ausgearbeiteten System zu fördern. Wer weiß, vielleicht wäre es beim Beginn der ersten Schulklasse schon so weit, dass es Shakespeare lesen könnte.«

Dr. Hyden neigte den Kopf seitwärts.

»Du wärst für ein solches Experiment eine gute Mutter. Hast du schon einen potentiellen Vater im Sinn?«

Allison lachte wieder und zog ihren Laborkittel aus.

»Vom Vater einmal ganz abgesehen, glaube ich kaum, dass ich dafür geeignet wäre.«

»Wieso denn nicht? Du bist hochintelligent und ein perfektes physisches Exemplar der Spezies – ich kenne hier mehr als einen jungen Mann, der mir da zustimmen würde.«

»Die Männer hier im Unternehmen respektieren mich als Wissenschaftlerin. Aber sie werden mich wohl kaum als Sexualobjekt wahrnehmen.«

»Gibst du ihnen dazu denn überhaupt eine Chance?«

Sie schloss die Tür ihres Spinds und drehte sich zu ihm um.

»Wie sieht eigentlich Ihr Sexualleben aus, Doktor?«

Er errötete bis unter die Wurzeln seines spärlichen, ergrauten Haars.

»Entschuldige. Ich wollte dir nicht zu nahe treten.« Er legte die Hände auf ihre Schultern. »Du arbeitest sehr hart. Du solltest dir mehr gönnen. Geh heute Abend aus. Trink ein bisschen Wein. Geh tanzen.«

Sie lachte erneut, doch dieses Mal war es ein freudloses Lachen. Gestern Abend war sie ausgegangen, hatte Wein getrunken und getanzt – und sich in einem schrecklichen Schlamassel wiedergefunden.

»Ich bin keine große Partygängerin. Aber vielen Dank für deine Fürsorge.« Sie tätschelte seine Wange und ging.

Als sie Anns Wohnung aufschloss, klingelte das Telefon.

»Hallo?«

»Ann, hallo, Darling.«

Es war Davis. »Hallo.«

»Wo warst du denn den ganzen Tag?«

Die automatische Antwort »bei der Arbeit« erstarb ihr in der Kehle. Ann hatte Urlaub. Sie hatte Davis erzählt, sie würde Hochzeitseinkäufe machen.

»Ich war einkaufen.«

»Hast du etwas gefunden?«

Würde er ihre Einkäufe sehen wollen?

»Ein paar Überraschungen für dich. Für nach der Hochzeit.« Klang sie wie Ann, wie eine neckisch-verschämte, affektiert lachende angehende Braut?

»Mmmh. Ich kann's nicht erwarten.« Seine Stimme veränderte sich in einem Atemzug von einem lüsternen Flüstern zu einem lebhaften Tonfall. »Ich habe auch eine Überraschung für dich. Spencer und ich werden dich in zirka einer Viertelstunde abholen.«

»Überraschung?« Das war das Letzte, was sie wollte. Spencer war Überraschung genug gewesen. »Spencer kommt mit?«

»Ja. Ich habe ihn eingeladen. Das macht dir doch nichts aus, oder?«

»Nein, natürlich nicht. Ich freue mich, ihn wiederzusehen.«

Zweifellos hätte Ann das gesagt. Aber Ann hätte nie zugelassen, was letzte Nacht passiert war. Ebenso wenig hätte Ann bei der bloßen Erwähnung seines Namens und dem Gedanken, ihn wiederzusehen, sofort schwitzende Hände bekommen.

Sie blickte auf ihren khakifarbenen Rock, die nicht minder langweilige Bluse und die einfachen braunen Schuhe ohne Absätze, die sie bei der Arbeit getragen hatte. »Ist das eine Überraschung, zu der man sich in Schale werfen muss oder eher etwas für Freizeitklamotten?«

»Auf jeden Fall Freizeitklamotten«, meinte Davis. »Spencer und ich spielen danach Rakettball.«

»Gut. Ich mache mich fertig. Eine Viertelstunde?«

»Alles klar, Süße.«

Er küsste sie durch das Telefon und legte auf.

Ihr Spiegelbild war nicht gerade ermutigend. Wenn sie es in fünfzehn Minuten verändern wollte, dann musste sie sich beeilen. Sie zog sich aus und inspizierte den Inhalt von Anns Kleiderschrank, der so farbenfroh war wie der ihre eintönig. Obwohl sie beide eine kräftige Haar- und Hautfarbe hatten, trug Ann sämtliche Schattierungen des Regenbogens und schaffte es irgendwie, trotzdem ansehnliche Resultate zuwege zu bringen.

Allison wählte eine Leinenhose, deren Farbe Ann als Melone beschrieben hatte, die sie aber für Orange hielt, und einen dazu passenden Baumwollpullover.

Dann zog sie Sandalen mit bunten Perlen an, um ihre nackten Füße zu schmücken, nahm die Haarnadeln heraus und bürstete ihr Haar aus, sodass es in glänzenden Wellen über die Schultern fiel. Sie trug etwas Wimperntusche, Rouge und glänzenden, pfirsichfarbenen Lippenstift auf, sprühte sich etwas von Anns Lieblingsparfum auf, und dann klingelte es auch schon an der Tür.

»Hallöchen!«, rief Davis, als sie öffnete.

Er knurrte zärtlich, umfasste ihre Hüften, zog sie an sich und küsste sie mit einer Leidenschaft, die Allison den Atem raubte. Sie musste sich sehr beherrschen, um seiner Umarmung nicht zu entfliehen. Doch wegen des Mannes, der hinter ihm stand, legte sie die Arme um Davis' Hals und ihr Herz und ihre Seele in den Kuss und betete, Gott und ihre Schwester möchten sie verstehen.

Ann hatte ihr nicht genau gesagt, wie sie mit Zungenküssen umgehen sollte. Was konnte sie also schon anderes tun, als sie so zu erwidern, wie ihre Schwester es getan hätte? Zumindest erregten Davis' Küsse sie nicht. Nicht wie ... doch daran wollte sie im Augenblick nicht denken.

Als er endlich den Kopf hob, lachte sie leise und rieb mit einem Finger leicht über seinen Mund, um den Lippenstift zu entfernen, den sie dort hinterlassen hatte.

Er zog sie noch einmal an sich und liebkoste ihr Ohr. »Ich habe dich heute vermisst.« Seine Hände strichen ihren Rücken auf und ab. »Warum hast du einen BH an?«, flüsterte er.

Als intelligenter Mensch hatte sie sich vorgenommen, heute mit jeder erdenklichen Situation fertig zu werden. Doch nun, noch keine dreißig Sekunden nach Beginn ihres gemeinsamen Abends, suchte sie bereits verzweifelt nach einer Antwort auf seine intime Frage.

Sie presste die Lippen an sein Ohr.

»Weil es dir letztes Mal so schwerfiel, der Versuchung zu widerstehen. Und du weißt ja, dass wir nicht …«

»Kapiert!«, murmelte er an ihrer Wange. »Aber gefallen tut mir das nicht.«

Nach einem weiteren raschen Kuss trat er zur Seite, damit sie Spencer begrüßen konnte.

»Hallo, Ann.«

Es fühlte sich an, als würde seine Stimme in sie hineingreifen, ihr das Herz zerreißen und dessen geheime Botschaft durch ihren ganzen Körper hinausposaunen.

»Hallo, Spencer«, erwiderte sie mit gespielter Heiterkeit.

Als sich ihre Blicke begegneten, wurden Allisons Knie weich wie Pudding. Unter seinen wirren, dichten Brauen glühten seine Augen wie stete blaue Flammen. Sein Gesicht hatte reichlich Bekanntschaft mit salzhaltiger Luft, der See und der Sonne gemacht, aber jedes Fältchen erhöhte noch seine Attraktivität, anstatt sie zu schmälern. Seine Gliedmaßen waren schlank, braun gebrannt und muskulös. Er trug weiße Shorts und ein blaues, eng anliegendes Polohemd. Eine schicke europäische Sonnenbrille steckte über der Stirn in seinen zerzausten dunklen Haaren.

Um sich vor seiner Anziehungskraft zu schützen und ihren zitternden Körper zu stützen, hakte sie sich bei Davis ein.

»Hat Davis Sie heute gut beschäftigt?«

»Er hat mir die Computerfabrik gezeigt«, antwortete Spencer freundlich. »Ein ganz schön großer Betrieb.«

»Ja. Ich finde ihn auch faszinierend.« Sie drückte Davis' Arm und stellte dabei sicher, dass Spencer diese Geste, die ihren Stolz auf Davis ausdrücken sollte, auch sah.

»Davis sagte mir, Sie arbeiten auch mit Computern. Was machen Sie damit?«

Ihr Lächeln verschwand. Warum hatte sie bloß nicht besser aufgepasst, als Ann über ihre Arbeit erzählt hatte? »Ich … äh …«

»Sie ist zu bescheiden, um einfach zu sagen, dass sie die Programmiererin für das ganze Unternehmen ist.«

Allison warf Davis ein liebevolles Lächeln zu. Er hatte sie gerettet.

»Also, ich habe diese Woche Urlaub und möchte eigentlich nicht über meine Arbeit reden. Was ist meine Überraschung?«

Davis grinste Spencer verschwörerisch an.

»Sollen wir sie noch ein wenig auf die Folter spannen?«

»Bloß nicht!«, rief Allison, ganz wie es Ann gemacht hätte, und hielt Davis spielerisch drohend eine Faust vor den Bauch. Er war nicht annähernd so flach und straff wie Spencers, der aussah, als könnte man noch nicht einmal mit einer Axt eine Delle hineinschlagen.

»Ich habe heute ein Haus gefunden, das ich dir zeigen möchte. Und ich glaube, es ist genau das, was wir wollen.«

»Oh Darling, wie wunderbar!« Sie schlang die Arme um seinen Nacken.

Ann und Davis waren seit Monaten auf der Suche nach einem Haus. Allison wusste, dass Ann auf diese Neuigkeit mit größter Begeisterung reagieren würde.

»Wo ist es? Können wir es uns leisten? Wie sieht es aus?«

Davis lachte erfreut.

»Komm, wir zeigen es dir.«

Allison saß neben Davis auf dem Beifahrersitz, war sich jedoch ständig bewusst, dass Spencer hinter ihr kauerte wie ein Bewacher. Sie legte eine Hand auf Davis' Knie.

Vergleiche zwischen beiden Männern waren irrelevant, doch sie konnte nicht anders, als trotzdem welche anzustellen. Davis' Beine hatten nicht so viel Sonne abbekommen wie Spencers. Sie sahen bleich und schwammig aus. Allison berührte ihn nur ungern, aber sie hätte nichts lieber getan, als mit den Fingern durch das krause Haar auf Spencers kupferfarbener Brust zu kämmen und die Härte seiner Muskeln zu testen.

Doch diese Gedanken waren unterbewusst. Sie war darauf konzentriert, Davis mit Aufmerksamkeit und Zuneigung zu überschütten, und gratulierte sich selbst dazu, dass ihr das ganz gut gelang.

Ihre Hochstimmung sank allerdings, als Davis vor dem Haus parkte, das er ihr unbedingt zeigen wollte. Ann hätte es bestens gefallen. Allison fand es schrecklich.

Es hatte nur eine Etage – es war niedrig, modern und formschön. Das Dach fiel nicht steil ab, es hatte keine Giebelfenster und kein Dachgesims. Es war nagelneu, aber völlig charakterlos.

»Oh, Davis«, sagte sie und hoffte, es würde nicht so verzweifelt klingen, wie sie sich fühlte.

Sogar der Hof sah künstlich aus. Ein Strauch glich dem anderen, und alle waren in einer militärisch exakten Reihe gepflanzt. Trotzdem schwärmte Allison von der Anlage, als Davis sie zum Gehsteig führte, um den Makler in seinem Polyesteranzug zu begrüßen, der für sie aufsperrte.

Im Inneren des Hauses roch es nach Tapetenkleister und Farbe, nicht nach gealterten Holzvertäfelungen und frisch gebackenem Brot. Die meisten Zimmer waren einfach rechteckig, ohne interessante Nischen, in die man einen Bücherschrank oder ein antikes englisches Teetischchen stellen konnte.

Der offene Kamin im Wohnzimmer sah zu steril aus, als dass man jemals Lust gehabt hätte, darin ein Feuer zu machen. Er lud nicht dazu ein, es sich davor mit einem riesigen Kissen und einem Spionagethriller gemütlich zu machen. Die Küche wirkte klinischer als Allisons Labor. Sie konnte sich weder vorstellen, diese makellosen Arbeitsflächen mit Mehl einzustauben, noch auf dem unberührten Herd ein köstliches Gericht zu zaubern.

»Warte ab, bis du das große Badezimmer siehst«, meinte Davis begeistert und schleppte sie den engen weißen Flur entlang, der sie an eine psychiatrische Anstalt erinnerte.

Das Bad hatte eine versenkte Marmorwanne und eingebaute Waschbecken. Sie hatte sich immer eine Wanne mit Klauenfüßen und ein Becken mit Standfuß und Messinghähnen gewünscht.

»Du bist so schweigsam«, meinte Davis besorgt.

Allison wirbelte herum, blickte ihm in die Augen und legte beruhigend eine Hand auf seinen Arm.

»Ich bin überwältigt.«

Auch wenn sie das Haus abscheulich fand, sie wusste, dass es Ann sehr gefallen würde. Ihre Schwester hatte bei zahllosen Gelegenheiten beschrieben, was sie sich vorstellte, und dieses Haus passte ausgezeichnet zu ihrer Beschreibung.

»Ich weiß nicht, was ich sagen soll. Es ist … es ist …«

»Ich will deine Entscheidung nicht beeinflussen. Magst du es wirklich?«, fragte Davis mit einem ängstlichen Blick in ihre Augen.

»Natürlich. Ich liebe es! Das wusstest du doch!«

Sie umarmte ihn, damit er ihr nicht weiter in die Augen schauen konnte. Am Ende hätte er ihre Kontaktlinsen bemerkt, oder, schlimmer noch, die Lügen, die sie ihm auftischte.

»Mr Lundstrum, ich würde Ihnen gerne noch die Werkbank in der Garage zeigen«, erklärte der Makler.

Davis gab ihr einen leichten Klaps unters Kinn und folgte dem Mann aufgeregt hinaus. Sie blieb mit Spencer allein im großen Badezimmer zurück. Seit sie das Haus betreten hatten, war er ihnen von Zimmer zu Zimmer gefolgt, hatte aber nur etwas gesagt, wenn er direkt gefragt worden war.

»Es gefällt dir nicht, habe ich recht?«

Sie drehte sich zu ihm um, irritiert und entsetzt darüber, dass er sie so gut verstand.

»Ich liebe es. Du hast doch gehört, was ich zu Davis gesagt habe.«

»Ja.« Er trat zu ihr. »Ich habe gehört, dass du das zu Davis gesagt hast, aber du lügst.«

»Nein!«

»Ich wusste sofort, dass dieses Haus nichts für dich ist. Du magst etwas Warmes und Gemütliches, mit Fensterläden und mindestens einem Buntglasfenster. Eine Treppe mit Endpfosten. Ungewöhnliche Räume, die Charakter haben. Knarzende Bodendielen.«

»Das klingt ja wie ein Geisterhaus.«

Er kam einen Schritt näher, sodass sie den Kopf heben musste, um ihm in die Augen schauen zu können.

»Du bist mir letzte Nacht im Kopf herumgegeistert. Ich konnte nicht schlafen. Und du?«

»Wie ein Murmeltier.«

Er fuhr mit dem Zeigefinger den Schatten unter einem ihrer Augen entlang.

»Nein, du hast nicht gut geschlafen. Du lagst im Bett und dachtest an unseren Kuss, genau wie ich. Und heute Morgen, als du aufwachtest, dachtest du immer noch daran. Den ganzen Tag hast du daran gedacht. Stimmt's?«

»Nein«, flüsterte sie. Doch in ihrer Stimme schwang eine Verzweiflung mit, die sogar ihr selbst auffiel.

»Du hast darüber nachgedacht, wie spontan die Anziehung zwischen uns war.«

»Nein. Ich habe nicht daran gedacht, wie …«

«Und wie der Kuss uns verbunden hat.«

»Sag nicht …«

»Und wie perfekt deine Brust in meine Hand passt. Wie perfekt wir überhaupt körperlich zusammenpassen.«

»Hör auf! Wenn Davis hört …«

«Warum tust du das, Ann?«

»Was?«

»Vorgeben, dass du Davis liebst.«

»Ich gebe nichts vor. Ich liebe ihn!«

»Vielleicht, aber nicht genug, um ihn zu heiraten.«

»Ich werde ihn heiraten!«

»Aus Pflichtgefühl? Oder warum? Fühlst du dich schuldig, weil er mehr in dich verliebt ist als du in ihn? Weshalb entschließt du dich zu einer unglücklichen Ehe? Damit tust du auch Davis keinen Gefallen. Früher oder später kommt er darauf, wie du wirklich fühlst.«

»Ich höre mir das nicht länger an!« Sie wollte an ihm vorbeigehen, doch er hielt sie am Arm fest.

»Ich weiß, was du von mir denkst, und ich weiß auch, warum. Davis hat mein Leben in unzutreffender Weise glorifiziert. Er hat mich dargestellt als reichen Playboy, der nur seinen Launen folgend um die Welt segelt und jede Nacht eine andere Frau im Bett hat.«

»Und, stimmt das etwa nicht?«

Er setzte sein herzerweichendstes Lächeln auf. »Kaum. Ich arbeite sehr fleißig.«

«Und zwar was?«

»Das tut nichts zur Sache. Ich gebe zu, damals, als ich das Boot kaufte und begann, damit zu reisen, hat mir das sehr viel Spaß gemacht. Abenteuer in fremden Ländern, mit unterschiedlichen Kulturen, verschiedenen Frauen.«

»Erspare mir die schmutzigen Details.«

»Natürlich. Was ich sagen will ist, dass ich inzwischen ein bisschen weiter bin. Ich bin es müde, für mich allein zu leben. Ich war auf der Suche nach etwas. Aber erst letzte Nacht, als ich dich in den Armen hielt, erkannte ich, wonach ich suchte.«

»Sag jetzt nicht ...«

»Hör mir zu!«, befahl er ihr und schüttelte sie leicht. »Mit diesem Donnerschlag habe ich auch nicht gerechnet. Ich weiß, dass du davon genauso schockiert bist wie ich. Ich bedauere es zutiefst, dass du zu Davis gehörst. Er ist mein bester Freund. Wir sind wie Brüder füreinander. Aber ich werde nicht tatenlos zusehen, wie sich drei Menschen in Elend und Unglück stürzen!«

Ein Bild von Anns Gesicht tauchte vor ihrem inneren Auge auf. Ihre Miene war anklagend. Sollte sie sich hier weiter verführerische Worte anhören und das Leben ihrer Schwester ruinieren? Sie kämpfte gegen die romantische Vorstellung an, die er vor ihr ausbreitete.

»Ich bin nicht unglücklich. Ich liebe Davis.«

»Du tust so, als würdest du ihn lieben«, entgegnete er leise, fast mitfühlend, als würde er verstehen, welch ungeheueres Opfer sie brachte. »Du küsst ihn und berührst ihn. Aber ich spüre deine Zurückhaltung dabei.«

Er ergriff sie an den Schultern und drehte sie zu sich.

»Aber wie sich dein Körper letzte Nacht an meinen schmiegte, das hatte nichts von Zurückhaltung, nicht wahr? Und du weißt genauso gut wie ich, dass das nicht nur irgendein Kuss war letzte Nacht, sondern Liebe – echte, wahre Liebe.«

Um es zu beweisen, wiederholte er es.

Zärtlich besitzergreifend senkte sich sein Mund auf ihre Lippen. Er flüsterte ihr Liebesworte zu und machte Versprechungen, die seine Zunge erfüllte, als sie sich tief in ihren willigen, warmen Mund senkte, nach ihrer Zunge suchend und ein Begehren erweckend, das Allison schließlich überwältigte. Sie drückte sich an seinen Körper und umarmte ihn innig.

Nie hatte Allison Leamon gedacht, dass sie sich eine derartige Liebesaffäre wünschte. Dafür war in ihrem Leben kein Raum. So etwas war oberflächlich und vergänglich; nur Dummköpfe glaubten, dass so etwas Tiefe und Dauer haben könne.

Wusste sie nicht besser als irgendjemand sonst, dass Sex etwas rein Instinktives war? Er war ausschließlich biologisch und physisch bedingt und hatte wenig bis nichts mit Emotionen zu tun. Zwei x-beliebige Kreaturen einer Spezies konnten sich paaren; dazu war nichts weiter notwendig als einwandfrei funktionierende Geschlechtsorgane.

Und dennoch – im Augenblick war sie nicht mehr die pragmatische Wissenschaftlerin, sondern eine Frau in den Armen dieses Mannes, der das Adrenalin durch den Körper schoss und deren Herz wie wild im Brustkorb hämmerte. Ihr Körper sehnte sich danach, ihm noch näherzukommen, mehr von ihm zu bekommen. All ihre Sinne verlangten heftig danach, jeden erregenden Anreiz aufzunehmen, den er aussandte.

Es gab ihr ein berauschendes Gefühl von Macht zu

wissen, dass nicht nur sie erregt war. Seine Lippen und seine Zunge gierten nach ihr. Sein Körper war vor Verlangen hart und angespannt.

Nach ihr?

Er küsste nicht sie. Er küsste Ann. Sollte sich die Ann in seinen Armen durch einen Zauber ähnlich wie bei Aschenputtel in Allison verwandeln, dann würde sich sein Verlangen sofort in Luft auflösen. Er küsste eine Rothaarige, die verrückt genug war, eine orangefarbene Hose zu tragen und Sandalen mit koketten, bunten Perlen an den bloßen Füßen. Die zwei Cocktails trinken konnte, ohne danach beschwipst zu sein. Die feine Gerichte wie Pâté de foie gras liebte und Häuser mit Rollrasen davor.

Und die ganz gewiss genug Verstand hatte, sich nicht vom besten Freund ihres Verlobten mit derart provozierender Intimität küssen zu lassen.

Sie schob ihn von sich. Ihr Atem ging schwer, ihre Lippen waren rot und nass von seinem Kuss, ihre Augen tränenfeucht.

»Wir können das nicht mehr machen, Spencer.«

»Ich weiß.«

Er trat zur Seite und blickte über die Schulter, denn soeben war zu hören, dass Davis und der Makler zurückkamen.

»Solange du den da hast«, sagte er und zeigte auf den Diamantring an ihrem Finger, »kann ich dich nicht mehr berühren. Meinen Freund weiter so zu hintergehen, verstößt gegen alle meine Prinzipien. Davis muss einfach erfahren, was ich fühle. Ich werde mich darum kümmern.«

Entsetzt packte sie ihn an seinem steinharten Bizeps.

»Du wirst dich um gar nichts kümmern! Du wirst

Davis nichts sagen! Hast du verstanden?«, flüsterte sie. »Ich heirate Davis Lundstrum und damit basta!«

Sie sah, wie er entschlossen die Zähne zusammenbiss, und wusste sofort, dass sie nichts erreicht hatte. Anns Zukunft schwebte am Rande des Abgrunds, und sie war schuld daran.

Trotz der Demütigung, die es für sie mit sich bringen würde, musste sie ihm die Wahrheit sagen, sie hatte keine andere Wahl.

»Hör zu, Spencer, ich muss dir etwas sagen. Ich bin nicht …«

»Hey ihr beiden, diese Garage müsstet ihr sehen!«, rief Davis, als er hereinkam. »Süße, da können wir unsere beiden Wagen parken, und es bleibt immer noch Platz übrig.«

Sie hatte ihre Chance vertan. Die ganze Farce musste weitergehen.

Allison eilte in Davis' Arme.

»Ich liebe dieses Haus, Darling. Aber dich liebe ich noch viel mehr.«

Sobald sie sicher in Anns Wohnung angelangt war, griff sie zum Telefon. Davis und Spencer spielten Rakettball, danach wollten sie mit einigen seiner Freunde zum Essen gehen.

»Es macht dir doch nichts aus, wenn ich einen Abend mit den Jungs verbringe, oder?«

»Natürlich nicht, Darling.«

Hätte er nur gewusst, wie erleichtert sie gewesen war. Aber sie schmollte auf eine Art, wie sie es bei Ann gesehen hatte, und legte eine Hand auf seine Brust.

»Solange es nicht zu oft vorkommt.«

Er gab ihr einen heftigen Kuss, der, gemessen an seiner Wirkung auf sie, allerdings ebenso gut ein Händeschütteln hätte sein können. Die Verabschiedung schien sich endlos hinzuziehen. Allison konnte es nicht erwarten, die Tür hinter ihm zu schließen.

Nach dem zweiten Läuten hob Ann in ihrem Klinikzimmer ab.

»Annie, ich muss mit dir reden, und ich will, dass du mir genau zuhörst.«

»Hallo, Allison.« Ihre Stimme klang noch immer etwas benommen von der Narkose.

»Wie geht es dir?«, fragte Allison sofort zerknirscht, um nicht den Eindruck zu erwecken, als habe sie kein Mitgefühl.

»Es ist nur ein wenig unangenehm wegen der Verbände. Und von der Narkose ist mir ein bisschen schlecht.«

»Das tut mir leid, aber ...«

»Wie geht's dir? Wie ist es bei der Arbeit?«

»Arbeit?« Arbeit? Sie wollte nicht über ihre Arbeit reden, wenn sie das Gefühl hatte, gleich werde die Welt über ihr zusammenbrechen. »Bei der Arbeit ist alles okay. Annie ...«

»Was hast du heute gemacht?«

Allison seufzte und rieb sich eine schmerzende Schläfe. »Ich arbeite an der Relation zwischen Vererbung und Intelligenz.«

Ann lachte abgehackt. »Du solltest ein Baby haben. Stell dir bloß vor, was das für ein kleines Genie wäre!«

Jetzt spürte sie diesen pochenden Schmerz in beiden Schläfen.

»Ja, das hat Dr. Hyden auch gesagt. Das Problem ist, einen ebenso intelligenten Vater zu finden. Hör zu, Ann, ich habe dich nicht angerufen, um mit dir über meine Arbeit zu reden. Wir haben ein echtes Problem. Davis hat mir heute ein Haus gezeigt. Es gefällt ihm, und ich glaube, dir gefällt es auch. Aber wir müssen auf Nummer sicher gehen. Ich kann nicht eine derartige Entscheidung für dich treffen.«

»Reg dich nicht auf, Allison. Ich werde mir das Haus ansehen, sobald ich aus der Klinik heraus bin.«

»Du kapierst nicht, wie dringend die Sache ist. Der Makler drängte Davis, einen Vertrag zu unterschreiben. Ich äußerte Bedenken und sagte, ich müsse es mir erst noch überlegen. Zu Davis sagte ich, ich würde hoffen, mit meiner Verzögerungstaktik den Preis drücken zu können, aber ... Annie, hörst du mir zu? Bist du noch wach?«

»Ja«, antwortete sie abgespannt. »Wie sieht es aus?«

Allison beschrieb das Haus.

»Ich glaube, es ist genau, was du willst.«

»Ich vertraue auf deine Meinung. Du kannst dem Vertrag zustimmen.«

»Nein. Auf gar keinen Fall. Wenn dir das Haus nicht gefällt, dann hast du es am Bein, und ich bin schuld daran.«

»Also gut«, meinte Ann müde, »dann halte sie hin.«

»Das geht nicht!«, schrie Allison.

Davis konnte sie hinhalten. Nicht aber Spencer. In der kurzen Zeit, die sie ihn nun kannte, war ein Aspekt seiner Persönlichkeit sonnenklar geworden: Wenn er sich zu etwas entschlossen hatte, dann konnten ihn keine zehn Pferde mehr davon abbringen. Er würde womöglich etwas Schreckliches tun, noch bevor die Wahrheit ans Licht kam.

»Morgen bringe ich Davis in die Klinik«, sagte Allison.

Dann würden Davis und Ann sich aussprechen. Spencer würde sehen, wie wahnsinnig verliebt die beiden waren, und abreisen, oder er würde bleiben und um sie kämpfen. Aber auf jeden Fall wäre Allison dann aus dem Schneider.

»Oh, nein, das tust du bitte nicht!«, widersprach Ann. Plötzlich schien sie voll geballter Energie zu sein. »Allison, du hast es mir versprochen!«

»Ich werde noch verrückt dabei, immer dich zu spielen. Versetz dich doch mal in meine Lage! Würdest du gern so tun, als wärst du ich, auch nur für eine kleine Weile?«

Anns langes Schweigen sagte alles.

»Nein, das möchte ich nicht. Aber ich möchte nicht, dass Davis es jetzt schon erfährt. Nur noch einen oder zwei Tage. Bitte!«

Allison knirschte frustriert mit den Zähnen und startete dann noch einen Versuch. Mit gesenkter Stimme und in vertraulichem Tonfall sagte sie: »Ann, du weißt, wie liebevoll Davis ist. Er küsst mich die ganze Zeit. Genau so, wie er dich küsst.« Sie ließ den Satz wirken und fragte dann: »Weißt du, was ich meine?«

»Ich weiß, was du versuchst, aber damit kommst du bei mir nicht durch. Ich bin nicht eifersüchtig auf dich, Allison. Ich weiß, wie du über Männer denkst, und so sehr du Davis als Schwager magst, gib nicht vor, dass dich seine Küsse auf eine Weise erregen, für die du dich schämen müsstest. Bei dir wäre mehr nötig als ein paar Küsse, um dich in Fahrt zu bringen.«

Willst du darauf wirklich wetten? Hätte Ann sie bloß in Spencers Armen sehen können – sie hätte ihre »altjüngferliche« Schwester nicht wiedererkannt! Nicht einmal ein Kuss war notwendig. Ein Blick von ihm, und sie ging ab wie eine Rakete.

»Ich habe dich doch nicht beleidigt, oder?«, fragte Ann.

»Nein.«

»Du weißt, dass ich dich für sehr attraktiv halte. Ich wollte lediglich sagen, du kannst mich nicht erpressen, damit du Davis von meiner Operation erzählen darfst.« Sie lachte leise. »Küss ihn, so viel du willst. Die Übung wird dir gut tun.«

Allison ignorierte die letzte Bemerkung und seufzte resigniert. Sie hatte es zumindest versucht. Sie hatte versucht, es Spencer zu sagen, und war unterbrochen worden. Sie hatte versucht, Ann zu überzeugen, und war gescheitert.

»Also gut, Ann. Ich spiele deine Rolle noch für einen Tag, aber das könnte Folgen haben. Ich hoffe, du bist darauf gefasst, ihnen ins Auge zu sehen.«

»Es wird schon keine Konsequenzen geben. Wenn Davis draufkommt, werden wir alle schallend lachen, und er wird von dem, was ich getan habe, begeistert sein.«

Ja, aber was war mit Spencer? Sie wollte seinen Namen nicht ins Spiel bringen. Es war besser, wenn Ann nie erfuhr, was sie für Davis' besten Freund empfunden hatte.

»Gute Nacht. Schlaf gut. Ich versuche, morgen Mittag vorbeizukommen.«

»Gute Nacht, Allison. Und vielen Dank. Ich weiß, das ist sicher nicht leicht für dich.«

Das war die Untertreibung des Jahrhunderts.

Sie war über ein Mikroskop gebeugt und studierte einen Objektträger. Ihre Augen waren von einer weiteren schlaflosen Nacht so müde gewesen, dass die Kontaktlinsen auf der Netzhaut brannten, als würde jemand mit einem heißen Schürhaken im Auge herumfahren. Schließlich hatte sie sie herausgenommen und die Brille aufgesetzt. Ihr Haar war zu dem üblichen praktischen Knoten zusammengebunden, und unter ihrem Laborkittel trug sie ein olivgrünes Kleid. Ihre Schuhe waren leider ebenso hässlich wie sie bequem waren. Sie trug im Labor keinen Schmuck, aber hinter einem Ohr steckte ein Bleistift.

Eine Aufmachung, die von der orangefarbenen Hose und den etwas ordinären Sandalen mit den bunten Perlen wirklich himmelweit entfernt war.

»Ms Leamon? Allison Leamon?«

Der aufwühlend vertraute Klang seiner Stimme ließ ihren Kopf abrupt hochschnellen. Allison erstarrte, als er in ihre Welt eintrat, sie erfüllte, sie veränderte, sie aufblähte und gleichzeitig schrumpfen ließ.

»Ja?«, fragte sie heiser.

»Mein Name ist Spencer Raft.«

4

Allison trat unwillkürlich einen Schritt zurück. Sie stieß mit dem Rücken an die Marmorplatte des Tisches und blieb dort wie festgenagelt stehen – so fassungslos, dass sie keinen Ton herausbrachte und sich nicht vom Fleck rühren konnte.

Mit einem offenen, freundlichen Lächeln trat er in die Mitte des Zimmers, blieb knapp vor ihr stehen und betrachtete sie genau.

»Es ist unglaublich«, murmelte er. »Ihr seid wirklich identisch.« Schließlich schüttelte er leicht den Kopf, sein Grinsen wurde noch breiter, und er sagte: »Entschuldigen Sie, dass ich Sie so unhöflich anstarre. Wie ich schon sagte, mein Name ist Spencer Raft.«

Sicher erwartete er, dass sie ihm zur Begrüßung die Hand reichte, doch sie war unfähig, sich zu bewegen, ganz zu schweigen davon, ihn zu berühren. Und noch weniger mit Händen, deren Innenflächen noch Kratzer aufwiesen! Und nach den Küssen, die sie ausgetauscht hatten, war da ein Händeschütteln nicht überhaupt ein wenig albern?

»Allison Leamon.« Beim Aussprechen ihres Namens sprang ihre Stimme von der niedrigen Tonlage in die hohe wie bei einem Jungen im Stimmbruch.

»Ich habe kürzlich Ihre Schwester kennengelernt. Die Ähnlichkeit ist wirklich bemerkenswert. Bis auf die Brille sehen Sie exakt aus wie sie.«

Sie konnte nicht wie zur Salzsäule erstarrt stehen bleiben. Sie musste mit ihm reden.

»Ann hat Ihren Namen erwähnt. Sie sind Davis' Freund, nicht wahr?«

»Ja.« Er studierte ihr Gesicht noch einmal, dann sah er sich im Labor um. Gemütlich schlenderte er auf die Käfige zu, in denen Ratten und Mäuse, eine Familie von Rhesusaffen sowie mehrere Generationen Kaninchen untergebracht waren. »Ann hat mir von Ihrer Arbeit erzählt. Das klang wirklich faszinierend.«

War das eine etwas herablassende Höflichkeit, oder meinte er es ernst?

»Ich denke, das ist sie, ja.«

Verblüfft durch ihren gespreizten, fast feindseligen Ton wandte er sich zu ihr um.

»Ich komme doch nicht etwa ungelegen, oder?«

»Nein.« Sie schämte sich für ihre Unhöflichkeit und zwang sich, die scheinbare Sicherheit des Tisches aufzugeben. »Ich war nur mit einigen vorbereitenden Arbeiten für ein Experiment beschäftigt, das ich bald beginnen werde.«

Sie befeuchtete ihre Lippen und versuchte, sich zu entspannen, doch das war nicht einfach. Nie im Leben hätte sie damit gerechnet, ihn durch die Tür ihres Labors kommen zu sehen. Und jetzt, wo er hier war, hatte sie wegen seines plötzlichen Erscheinens sehr gemischte Gefühle.

Einerseits befürchtete sie, er werde die Täuschung erkennen. Andererseits war sie etwas traurig darüber, dass er sie beim Hereinkommen nicht genau angesehen und sofort erkannt hatte.

In dem melodramatischen Szenario, das in ihrer Fantasie ablief, sah sie ihn auf sie zustürzen und sagen: »Oh, Liebling, glaubst du denn, ich würde dich nicht überall erkennen?«

Dann zog er ihr die Nadeln aus dem Haar, es wallte

über seine liebkosenden Hände, er beugte sie über seinen Arm nach hinten und presste ihr einen glühenden Kuss auf den Mund. Seine begierigen Hände öffneten die Knöpfe ihres Kleids, und er vergrub seine Lippen in dem Tal zwischen ihren Brüsten und schwor ihr mit inbrünstigem Murmeln seine Liebe und Leidenschaft.

Was bin ich nur für eine Idiotin!, schimpfte sie sich selbst. Niemals würde sie einem Mann eine derart undisziplinierte Annäherung erlauben.

»Worum geht es bei Ihrem nächsten Experiment?«, fragte Spencer.

Eine einfache, höfliche Frage; er war also wohl kaum in Leidenschaft entbrannt. Und mit Sicherheit hatte er sie nicht wiedererkannt.

Sie schob die Brille weiter nach oben.

»Ich messe die Auswirkung, die eine ausgewogene Ernährung auf die Intelligenz ausüben kann.«

»Kann sie das?«

»Kann was was?«

»Kann eine ausgewogene Ernährung Einfluss auf die Intelligenz ausüben?«

»Andere Experimente haben das bereits bewiesen. Ich teste, wie weit der Einfluss reicht.«

»Ich verstehe. Erzählen Sie weiter.«

Das war das erste Gespräch, das sie führten, in dem es nicht direkt um sie beide ging. Wenn er einfach nur Anstand demonstrieren wollte, dann war er ein guter Schauspieler, denn er schien wirklich interessiert zu sein.

Sie ging zu den Käfigen, vor denen er stand, und erklärte kurz die Versuchsprotokolle ihrer einführenden Arbeit mit Mäusen. Dann blickte sie zu ihm auf, um festzustellen, ob er noch immer interessiert war. Tatsächlich. Sein Blick war fest auf sie gerichtet.

»Und was dann?«, fragte er. – »Dann wiederhole ich das Ganze mit den Primaten.«

Sie steckte einen Finger in den Affenkäfig. Das jüngste Tier kam auf sie zu und griff verspielt danach.

»Das ist Oscar. Er ist schrecklich verzogen.«

Sie holte eine Erdnuss aus der Tasche und gab sie dem Affenbaby, das begierig daran zu knabbern begann.

Als Spencer lachte, bekam sie sofort ein Kribbeln im Bauch, und sie blickte erneut zu ihm auf.

»Ihre Arbeit klingt aufregend«, wiederholte er.

»Manchmal ist sie das wirklich. Aber meistens ist es Routine, alles wiederholt sich ständig, und man braucht viel Geduld. Die Natur arbeitet nicht immer schnell.« Manchmal kann sie einen allerdings auch innerhalb von Minuten voll umhauen.

Oscar hatte seine Erdnuss aufgegessen und zog jetzt an dem Finger, den Spencer ihm entgegenstreckte.

»Sind die Versuchstiere teuer?«, fragte er.

»Ja. Aber da wir keine medizinische Forschung betreiben, haben unsere eine längere Lebenserwartung. Wir züchten sie zu experimentellen Zwecken. Das dient also letztlich einem zweifachen Ziel.«

»Sie verkuppeln sie.«

Bei dieser scherzhaften Wendung wagte sie einen weiteren Blick auf ihn. Gott hätte wirklich die Gussform zerbrechen sollen, sobald er Spencer erschaffen hatte. Ein besseres Exemplar von einem Mann konnte er einfach nicht hinkriegen.

»Normalerweise geschieht die Paarung auf klinischem Weg.«

»Künstliche Befruchtung?«

»Ja.«

Er warf einen raschen Blick auf Oscars Eltern und

grinste dem Männchen mitfühlend zu. »Das kann man aber kaum als fair bezeichnen.« Seine Augen blitzten schelmisch, als er Allison ansah.

Sie schluckte schwer und vermied es, seinen Blick zu erwidern. »Möchten Sie eine Tasse Kaffee, Mr Raft?«

»Danke, gern. Schwarz«, antwortete er und folgte ihr. »Und nennen Sie mich bitte Spencer.«

Ohne ihre Aufforderung abzuwarten, setzte er sich auf einen hohen Hocker und hängte den Absatz des einen Schuhs an der oberen Sprosse ein. Bei dieser Sitzposition spannte sich der graue Stoff seiner Hose fest über seine Schenkel. Und seinen Schoß.

Wieder musste Allison schwer schlucken. Ihre Hände zitterten so stark, dass sie kaum den Kaffee einschenken konnte.

In einem verzweifelten Versuch, ihre Nervosität zu verbergen, sagte sie: »Ich freue mich ja immer, wenn ich jemandem das Labor zeigen kann, aber ich glaube kaum, dass Sie mich deshalb besuchen kommen.«

Als sie ihm seine Tasse reichte, trafen sich ihre Blicke.

»Sie haben Recht, Allison. Ich bin hergekommen, um über Ann zu sprechen.«

Sie setzte ihre Tasse an die Lippen und lehnte sich an einen der hohen Tische. »Ann? Was ist mit ihr?«

»Ich will mit ihr ins Bett gehen.«

Allison schüttete heißen Kaffee über ihren Laborkittel und sein hundert Dollar teures Sporthemd, und sie musste so lange husten und spucken, dass sie meinte, es wären Stunden gewesen. Ihre Augen trieften, und sie versuchte, nicht zu ersticken.

Spencer legte eine Hand auf ihre Schulter, mit der anderen klopfte er ihr leicht auf den Rücken.

»Aber, aber. Besser?«, fragte er, nachdem sie ein paar Sekunden lang nicht mehr gehustet hatte.

Er füllte eine Tasse am Waschbecken und brachte sie ihr. Allison nippte zuerst vorsichtig, trank dann die ganze Tasse aus und tupfte sich anschließend mit dem Saum ihres Kittels die Augen trocken.

Spencer reichte ihr ein Taschentuch, schon das zweite innerhalb von achtundvierzig Stunden – aber das wusste er ja nicht.

»Danke«, sagte sie und gab es ihm zurück. »Entschuldigen Sie, dass ich einen Fleck in Ihr Hemd gemacht habe.«

Er sah ihn sich an. »Das kann man waschen. Sind Sie auch sicher wieder in Ordnung?«

»Ja. Es ist nur ... Was Sie sagten ... Sie ...«

»Ich sollte mich entschuldigen. Ich wollte nicht so ungehobelt sein. Aber ich dachte, da ihr Zwillinge seid, hättet ihr euch gegenseitig ins Vertrauen gezogen.«

»Oh, wir sind uns sehr nahe. Ich hatte nur nicht erwartet, dass Sie so geradeheraus sagen würden ... was Sie eben gesagt haben.«

Er lächelte gewinnend.

»Ich fürchte, unverblümt zu sein ist eine meiner Schwächen. Ich rede nicht gern um den heißen Brei herum.«

»Ja, ich weiß«, murmelte sie.

»Bitte?«, fragte er und beugte sich nach vorn.

Sie fasste sich rasch wieder.

»Nichts. Ich habe nur gesagt, dass Sie sich auf eine Enttäuschung gefasst machen müssen. Ann heiratet Davis in ein paar Wochen. Sie ist schrecklich in ihn verliebt.«

»Wirklich?«

»Ja.«

»Wissen Sie das ganz genau?«

Sie wusste es ganz genau. Ann liebte Davis.

»Ja. Sie redet nur noch über ihn.«

Allison versuchte ein zuversichtliches Lächeln, aber es wurde ein schiefes Grinsen. Sie spürte, wie schief es war.

Er glitt mit einer leichten Bewegung von seinem Hocker und begann, auf und ab zu gehen, die Hände in den Hosentaschen vergraben und ihr den Rücken zugewandt.

Dieses Mal spannte sich der Stoff über seinen Po. Allisons Blick fiel auf seine schlanken Hüften.

War sie im Begriff, langsam verrückt zu werden? Sie konnte sich nicht erinnern, jemals einem Mann auf den Hintern geblickt zu haben. Was war bloß seit Kurzem in sie gefahren?

Wenn es nicht sein Gesicht war, was ihr Schmetterlinge im Bauch verursachte, dann war es die Vorderansicht seiner Hose oder, wie eben, die Rückansicht!

»Ich stimme Ihnen nicht zu, Allison«, sagte er und wandte sich abrupt zu ihr um.

Ihr Blick wechselte zu seinem Gesicht.

»Ich glaube nicht, dass Ann Davis so liebt, wie sie es vorgibt.«

»W-warum sagen Sie das?«

»Weil ich sie geküsst habe, und weil ich nicht glaube, dass eine Frau, die einen Mann so sehr liebt, dass sie ihn heiraten will, auf die Küsse eines anderen Mannes so reagieren würde wie sie auf die meinen.«

»Oh, Sie haben sie also geküsst«, bemerkte sie kleinlaut.

»Bitte, glauben Sie mir, dass ich nie zu denen gehört habe, die so etwas einfach ausplaudern. Ich spreche nie mit anderen Männern oder sonst irgendjemandem über mein Sexualleben. Das ist eine einmalige Ausnahme.« Er fuhr sich durch das Haar. »Ann ist eine Ausnahme.«

Als sie sich verschluckte, hatte sie die Brille abgenommen. Jetzt setzte sie sie wieder auf, um ihre Verwirrung zu verbergen. Sie wusste, dass man in ihr lesen konnte wie in einem Buch, und dass ihm nichts verborgen blieb.

»Eine Ausnahme? Inwiefern ist Ann eine Ausnahme?«

Er blickte ihr tief in die Augen, und in diesem Moment glaubte sie, ihre Knie würden nachgeben.

»Ich weiß nicht, wie ich es ausdrücken soll. Ich begehre sie auf eine Art, wie ich noch nie eine Frau begehrt habe. Es ist nicht nur Lust. Meine Lust könnte ich so ziemlich mit jeder Frau befriedigen. Es ist ... ich weiß es einfach nicht. Ich komme mir vor wie ein Idiot, wie ich hier so stehe und mit Ihnen rede. Sie wissen doch, was für eine hinreißende Frau Ihre Schwester ist!«

Hinreißend? Sie? Wusste er am Ende, wer sie war? Erlaubte er sich einen Scherz mit ihr?

»Ann hat mir von Ihnen erzählt. Sie sagte, sie habe sich blamiert.«

Er lachte leise und setzte sich wieder auf den Hocker. Seine Anspannung war verflogen. Er beugte sich locker etwas nach vorn, die langen Beine von sich gestreckt und die Hände zwischen den Schenkeln gefaltet.

»Na ja, der Beginn war etwas verunglückt.«

Allison nahm eine Papierserviette und machte sich an den Kaffeeflecken auf ihrem Labormantel zu schaffen, doch eigentlich war diese Geste nur ein Versuch, unbekümmert zu wirken.

»Wenn sie sich so ungeschickt und linkisch benahm, wie sie es beschrieben hat, wie konnten dann Sie, ein weltgewandter, attraktiver und kultivierter Mann, der mit Frauen aus der ganzen Welt verkehrt, wie konnten Sie dann m... – äh, Ann attraktiv finden?«

Er zog eine Braue nach oben und blickte Allison durch einen Wald von schwarzen Wimpern an. Einer seiner Mundwinkel verzog sich zu einem trägen Grinsen.

»Wer sagt denn, dass ich weltgewandt, attraktiv und kultiviert bin? Ann? Hat sie mit Ihnen über mich gesprochen?«

»Ein bisschen«, antwortete sie ausweichend und legte die Serviette beiseite, die sich in ihrer schwitzigen Hand allmählich auflöste.

»Ich vermute, es wäre etwas unhöflich, Sie zu fragen, was Ann sagte«, bemerkte er versuchshalber.

»Ich kann Ihnen sicher nicht wiederholen, was mir meine Schwester unter dem Siegel der Vertraulichkeit mitgeteilt hat.«

Er legte seufzend den Kopf zurück. »Nun, das muss ich wohl respektieren. Aber um Ihre Frage zu beantworten – ich fühlte mich zuerst zu Ann hingezogen, weil sie wunderschön ist.« Er lächelte liebevoll. »Sie war so tapfer nach diesem peinlichen Sturz – die meisten Frauen hätten sich dadurch zu Tränen gedemütigt gefühlt. Ich habe noch nie eine Frau mit einem solchen Charakter erlebt. Sie hat sich Davis zuliebe so sehr bemüht, dass der Abend angenehm wurde. Ich habe gemerkt, wie wichtig es ihr war, ihm zu gefallen und auf mich einen guten Eindruck zu machen. Sie hat sich ganz edelmütig beherrscht und für den Rest des Abends eine gute Miene gemacht. Eine Frau mit einer solchen Beherztheit musste ich einfach näher kennenlernen.«

Am liebsten hätte sie sich in seinen Komplimenten über ihren Charakter gesonnt, doch sie konnte sich dieser Freude nicht hingeben. Schließlich war er von Anns Aussehen hingerissen, nicht von Allisons. Sie griff eine seiner Bemerkungen auf, um ihn davon zu überzeugen, wie sehr Ann an Davis hing.

»Sie sagten, sie habe sich für Davis so sehr bemüht, dass der Abend angenehm wurde. Das zeigt doch, wie sehr sie ihn liebt.«

Er stand auf, zog frustriert die Schultern hoch und steckte wieder die Hände in die Hosentaschen. Verdammt! Sie wünschte, er würde das nicht tun.

»Sie tut so, als sei sie in ihn verliebt. Und ich glaube auch, dass sie ihn liebt – wie einen Freund.«

»Sie liebt ihn in jeder Hinsicht«, erklärte Allison.

Er musterte sie streitlustig.

»Warum scheut sie dann vor seiner Umarmung zurück?«

»Das tut sie nicht.«

»Und ob! Beobachten Sie sie das nächste Mal, wenn Sie mit den beiden zusammen sind. Es ist spontan und unbewusst. Ihr Körper fühlt sich nicht zu seinem hingezogen, so wie es bei einem Liebespaar üblich ist; er zieht sich zurück. Ist das normal? Nein. Ich glaube, sie fühlt sich ihm irgendwie verpflichtet. Er hat ihr Essen bestellt, aber sie mochte es nicht. Sie hat nur so getan, seinetwegen. Sie gab vor, dass ihr das Haus sehr gefiel, das er ihr zeigte, aber sie fand es unmöglich.«

»Das Haus gefiel Ann sehr gut«, warf Allison ein. »Das hat sie mir erzählt.«

»Dann hat sie Sie und sich selbst belogen! Wenn Sie dabei gewesen wären, hätten Sie gesehen, was ich meine.«

Allison verdrehte die Hände ineinander und biss sich auf die Unterlippe. Dies war ihre Chance, ihn davon zu überzeugen, dass Ann heftig in Davis verliebt war, doch er machte jedes ihrer Argumente zunichte. Und da er in den letzten Tagen sie beobachtet hatte und eben nicht Ann, hatte sie auch nicht viel Pulver zu verschießen. Alle seine Beobachtungen stimmten.

»Sie lässt ihn ihr Essen bestellen, um sein Selbstwertgefühl zu steigern – Sie wissen schon, damit er denkt, er sei ihr wichtig«, sagte sie.

Er starrte sie ungläubig an, der Mund blieb ihm offen stehen.

»Um sein Selbstwertgefühl zu steigern? Sie meinen, so ein altmodisches Geschlechter-Rollenspiel? Der dominante Mann und die unterwürfige Frau, die nie eine eigene Entscheidung trifft?«

Sie zuckte nervös mit den Schultern.

»So etwas in der Art.«

Er schlug sich mit der flachen Hand auf die Stirn.

»Das glaube ich nicht! So naiv ist Ann einfach nicht. Sie meinen, sie würde sich dafür hergeben, in einem Haus zu leben, das ihr gar nicht gefällt, nur um ihm nicht wehzutun, um sein Ego nicht zu beschädigen?«

»Das ist deren Angelegenheit, nicht die meine oder Ihre.«

»Ich habe es aber zu meiner gemacht!«, erwiderte er fast schreiend. »Ich glaube einfach nicht an eine solche Heuchelei – Sie vielleicht?«

Ihre Blicke trafen sich. Der seine verlangte nach der Wahrheit, und sie antwortete ihm – nicht wie Ann es getan hätte, sondern wie sie, Allison sich fühlte.

»Nein, ich auch nicht.«

»Und ich bin sicher, dass Ann auch nicht daran glaubt. Nicht wirklich. Sie ist irgendwie auf diese Schiene geraten, und jetzt weiß sie nicht, wie sie davon wieder herunterkommt.«

»Vielleicht gefällt ihr diese Schiene. Haben Sie das schon einmal überlegt?«

»Vielleicht war das bis vor ein paar Tagen so.«

»Bis sie Sie kennenlernte?«, fragte Allison herausfordernd.

»Na ja, ist ja gut. So selbstgefällig das klingt, ich glaube, sie beginnt zu begreifen, dass sie keine chauvinistische Beziehung mit einem Mann haben muss.«

»Und Sie halten das nicht für chauvinistisch, wenn Sie sagen, Sie wollen mit ihr ins Bett gehen?«, hakte Allison verärgert nach.

Er hatte genug Anstand, um über sich selbst zu lachen.

»Schuldig im Sinne der Anklage! Aber«, fügte er hinzu und erhob eine Hand, »sie will ebenso sehr mit mir ins Bett wie ich mit ihr.«

Allisons Ärger verschwand unter einer Woge von Verlegenheit. Ihr wurde überall heiß.

»Warum sagen Sie das?«

»Wegen der Art, wie sie jedes Mal reagierte, wenn ich sie in den Armen hielt. Ich brauche Ihnen, einer Biologin, doch nicht die physischen Symptome einer Erregung zu erklären. Als Mann erkenne ich sie bei einer Frau.«

Sie versuchte, sich zu räuspern und wieder Atem zu schöpfen.

»Nein, Sie müssen mir gar nichts erklären.« Sie nahm ihre Kaffeetasse, rührte darin herum und starrte auf den Inhalt. »Falls Ann ihre Verlobung mit Davis auflösen und … zu Ihnen gehen sollte, was würden Sie dann tun?«

»Was ich dann tun würde?«

Es war das Schwierigste, was sie je getan hatte, aber sie hob den Blick und sah ihm in die Augen. Doch sie wandte ihn rasch wieder ab, damit er nicht am Ende merkte, dass es nicht bloße Neugier war, was sie zu dieser Frage trieb. »Nachdem … nachdem …«

»Nachdem wir ein Paar geworden sind?«

Ihr Blick traf erneut seinen. Er scherzte wieder und

freute sich über ihr Erröten, das ihn so sehr an das von Ann erinnerte, doch dann wurde er ernst. Die buschigen Brauen zogen sich ratlos zusammen.

»Ich weiß es ehrlich gesagt nicht, Allison. Ich würde niemals einer Frau Versprechungen machen, die ich nicht gewillt wäre zu halten, aber ich glaube nicht, dass dies eine vorübergehende Liebelei ist. Sie geht mir nicht aus dem Sinn. Ich glaube, es würde lange dauern, bis ich an ihr alles entdeckt hätte, was ich wissen will.« Mit einem Seufzer hob er kurz die Hände hoch. »Ehrlicher kann ich es nicht sagen.«

»Ich schätze Ihre Ehrlichkeit«, sagte sie schroff, den Blick auf den Boden gerichtet. »Als Anns Schwester«, beeilte sie sich hinzuzufügen.

In den letzten Momenten hatte sie fast vergessen, dass sie über Ann sprachen und nicht über sie. Als sie sich wieder gefasst hatte, erklärte sie: »Wenn Sie wirklich etwas für Ann empfinden, dann werden Sie von ihr nicht verlangen, dass sie die Sicherheit einer Ehe und eines Zuhauses einer ungewissen Affäre mit Ihnen opfert.«

»Ich würde ihr niemals wehtun.«

»Das würden Sie schon! Wenn sie Davis Ihretwegen den Laufpass geben würde, könnte sie das später sehr bereuen.«

»Wann?«

»Wenn Sie mit Ihrer Yacht davonsegeln und sie einfach sitzen lassen natürlich.«

»Aber sie wäre nicht in einer unglücklichen Ehe mit einem Mann gefangen, den sie nicht liebt.«

»Sie liebt Davis. Das haben Sie selbst gesagt.« Sie unterbrach sich und atmete tief durch. »Darf ich Ihnen einen Vorschlag machen?«

Er nickte.

»Sie sind anders als alle Männer, die Ann je getroffen

hat. Vielleicht haben Sie sie einfach umgehauen, und sie ist vorübergehend verwirrt.«

Sie fuhr sich rasch mit der Zunge über die Lippen. »Aber ich schwöre Ihnen, sie würde niemals ihr Glück mit Davis wegen einer Affäre mit Ihnen opfern.«

Er ergriff ihre Hände, zum Glück nur an den Fingern. »Sie sind eine vernünftige junge Frau, Allison.«

Vernünftig. Ja. Sie trug vernünftige Schuhe und vernünftige Kleidung und hatte eine vernünftige Frisur. Sie konnte sich vernünftig über eine ganze Menge Themen unterhalten. Sie hatte einen kühlen Kopf. Aber ohne den femininen Zierat ihrer identisch aussehenden Schwester war sie eben nicht mehr als nur das. Vernünftig.

Aber nichts war vernünftig an den heißen Wellen, die bei jeder seiner Berührungen ihre Arme hinauf- und hinunterjagten. Ihr Blick war alles andere als vernünftig, wenn sie in seine tiefblauen Augen schaute. Und mit seiner leisen und leicht heiseren Stimme hätte er ihr befehlen können, vom Rand der Welt hinunterzuspringen, und sie hätte es getan.

Aber er sah die vernünftige Allison. Er erkannte in ihr nicht die Frau, die seine Leidenschaft entfachte. Sie war erstaunt, wie sehr sie das verletzte.

»Sagen Sie mir die Wahrheit«, fuhr er fort. »Nach allem, was ich Ihnen erzählt habe – glauben Sie, dass das, was ich für Ann empfinde, ‚flüchtig' ist? Glauben Sie, ich würde meine Freundschaft mit Davis für eine vorübergehende Affäre aufs Spiel setzen? Anscheinend sind Sie mir gegenüber voreingenommen. Ich gebe ja zu, dass ich viele Frauen gehabt habe, aber deswegen bin ich nicht gleich einer, der aus selbstsüchtigen Gründen eine Liebesbeziehung zwischen zwei Leuten ruiniert und dann munter weiter seiner Wege zieht.«

Seine Daumen rieben über ihre Fingerkuppen. Er war sogar dann bezaubernd, wenn er es gar nicht darauf anlegte. Allison hasste sich dafür, dass sie so empfänglich war.

»Glauben Sie wirklich, dass Ann bis über beide Ohren in Davis verliebt ist?«, fragte er leise.

»Ja«, antwortete sie aufrichtig. »Ich weiß, dass sie das ist.«

Mit einem Seufzer ließ er ihre Hände los, trat zurück und blickte lange aus den hohen, breiten Fenstern auf den penibel gepflegten Rasen draußen.

»Es tut mir leid, Allison. Ich weiß, dass Sie Ann wahrscheinlich näherstehen als sonst irgendjemand. Aber ich teile Ihre Ansicht nicht. Ich denke, Sie müssten ein Mann sein, um mich zu verstehen. Sie müssten sie im Arm gehabt und geküsst haben, um zu verstehen, was ich meine. Ich verlasse mich auf meinen Instinkt. Er hat mich noch nie getrogen. Und er ist auch dieses Mal richtig.«

Er lächelte zu ihr herab.

»Auf Wiedersehen. Ich bin sicher, dass wir uns wiedersehen. Und ich würde es begrüßen, wenn Sie Ann von diesem Besuch nichts erzählen würden.«

Er wandte sich zum Gehen, doch sie stolperte ihm nach.

»Was machen Sie denn jetzt?«

An der Tür hielt er inne.

»Ich weiß nicht. Aber ich hasse Ausflüchte. Ich lege meine Karten immer auf den Tisch, sowohl in privaten als auch in geschäftlichen Beziehungen.« Als er ihre gequälte Miene bemerkte, lächelte er ihr vertrauenerweckend zu. »Machen Sie sich keine Sorgen, Allison. Alles wird sich zum Besten wenden.«

Dann ging er. Sie rang noch immer mit den Händen und biss sich auf die Unterlippe, als er längst weg war.

Auf dem Weg zu seinem Wagen war Spencer sehr deprimiert, und dieses Gefühl war ihm fremd; er wusste nicht, wie er damit umgehen sollte.

Er stieg ein, öffnete das Fenster und lehnte sich erst einmal zurück, um nachzudenken.

Was nun? Er hatte Anns Zwillingsschwester aufgesucht in der Hoffnung, von ihr etwas in Erfahrung zu bringen. Stattdessen hatte sie ihm lediglich wiederholt versichert, Ann liebe Davis.

Er war enttäuscht. Er war verärgert. Und er war verzweifelt.

Am meisten verdross ihn sein schwindendes Selbstvertrauen. Frauen waren für ihn noch nie ein Problem gewesen. Wenn er eine wollte, dann hatte er sie genommen. Waren Komplikationen zu erwarten, die einen Einsatz oder ein Risiko nicht wert waren, dann hatte er bildlich gesprochen den Hut gezogen und sich ohne einen bedauernden Blick über die Schulter und ohne ein großes Gefühl von Verlust getrollt.

Aber diesmal war es anders. Wenn er Ann nicht bekam, würde er für eine lange Zeit mit einem Verlustgefühl leben müssen. Er wusste das ebenso instinktiv wie er trotz Allisons gegenteiliger Behauptung wusste, dass Ann ihn ebenfalls wollte.

Dieses zwischen dem Wunsch, sie zu besitzen, und dem daraus resultierenden Schuldbewusstsein hin und her springende Gefühl machte ihn schier verrückt. Wenn sie Davis liebte, welche Wahl hatte er dann, als aufzugeben und sie ihm zu lassen? Davis hatte sie als Erster kennen und lieben gelernt. Andererseits, wenn sie sich zu ihm ebenso hingezogen fühlte wie er sich zu ihr, dann verletzten sie Davis schon jetzt.

Spencer war immer dafür eingetreten, sich an die Spielregeln zu halten. Warum konnten sie nicht einfach alle drei offen und ehrlich zueinander sein, sich dem Problem stellen und es wie reife, erwachsene Menschen besprechen?

Wenn er diesen Kampf ausgefochten hatte, würde er sich dem Resultat beugen.

Er stieg aus, ging zu der Telefonzelle vor dem Gebäude, schlug in den Gelben Seiten nach und wählte.

»Mr Lundstrum, bitte … Spencer Raft. Ja, ich warte.« Er trommelte mit den Fingern auf die metallene Ablage unterhalb des Hörers und dachte an den Geschmack von Anns Mund.

»Hallo Davis, wollen wir uns heute Nachmittag nicht auf ein Glas oder so treffen? … Ja, ich weiß, dass du heute Abend zu Ann gehen willst, aber ich würde vorher gern mit dir reden. Sobald du aus der Arbeit herauskommst. Es dauert nicht lange, aber es ist wichtig … Fünf? Gib mir noch mal die Adresse. Okay. Bis dann!«

Er hängte ein und ließ die Hand lange in Gedanken versonnen auf dem Hörer liegen. Dann ging er mit gebeugtem Kopf zu seinem Wagen zurück.

Allison kam in Anns Wohnung und zog Sachen ihrer Schwester an, um wieder deren Rolle zu übernehmen. Davis rief an und teilte mit, er werde später zu ihrer Essensverabredung kommen. Sie wollte in die Klinik fahren und nach Ann sehen, doch als sie dort anrief, sagte ihr Ann, sie brauche sich keine Mühe zu machen.

»Mir geht es gut. Das heißt eigentlich prima. Der Doktor hat mich heute Nachmittag untersucht und gesagt, morgen können die Verbände abgenommen werden. Allison, du solltest mich sehen. Meine neuen Titten sind einfach super!«

»Gratuliere«, sagte Allison leichthin. »Heißt das, ich kann ab morgen wieder ich selbst sein?«

»Ja. Morgen Nachmittag kann ich die Klinik verlassen. Die offizielle Enthüllung findet morgen Abend statt.«

Allison seufzte erleichtert.

»Gut. Und du brauchst heute Abend sicher nichts mehr?«

»Nein. Nur, dass du Davis einen Kuss von mir gibst.«

»Sehr witzig.«

Sie legte auf, ohne sich besser zu fühlen, was die ganze Situation anbetraf. Sie musste also noch vierundzwanzig Stunden durchhalten und konnte dieses Gefühl der Angst nicht abschütteln, das sich seit Spencers Besuch im Labor bei ihr eingestellt hatte. In vierundzwanzig Stunden konnte vieles schiefgehen.

Um neun Uhr war Davis noch immer nicht aufgetaucht. Sie schritt nervös zwischen Sofa und Fenster auf und ab, bis sie endlich seinen Wagen sah. Als sie ihm öffnete, verflog ihre Erleichterung jedoch schlagartig: Er kam betrunken auf die Tür zugewankt und flennte wie ein Baby.

Sobald er sie auf der Terrasse sah, stürzte er auf sie zu und ließ sich mit dem vollen Gewicht gegen sie fallen, sodass sie beinahe in die Knie gegangen wäre. Er warf die Arme um ihren Hals, und sein Kopf sank schwer an ihre Brust.

»Annie, Annie!«, schluchzte er. »Wie konntest du bloß? Wie konntest du unsere Liebe einfach wegwerfen – bloß wegen eines Weiberhelden wie Spencer?«

5

»Oh mein Gott!«, stöhnte Allison. Wie war diese Sache nur so aus dem Ruder gelaufen? Unter den Augen mehrerer neugieriger Nachbarn hielt sie den Verlobten ihrer Schwester im Arm, der wie ein kleines Kind schluchzte. Vor einer Woche hätte sie eine derartige Szene nicht für möglich gehalten.

Da ihre Knie unter Davis' Gewicht einzuknicken drohten und weil sie Annies Ruf nicht schädigen wollte, schleifte sie ihn ins Haus und ließ sich mit ihm auf die Couch fallen.

»Davis, Davis«, jammerte sie, »sie ...«

Allison verkniff sich, was sie sagen wollte. Sie hatte in Anns Beziehung mit Davis schon genug Unheil gebracht. Das ganze Täuschungsmanöver musste ja nur noch einen Tag überdauern. Warum es also nicht bis zum bitteren Ende durchstehen? Vielleicht konnte sie in dieser Zeit den Schaden wiedergutmachen, den sie angerichtet hatte.

»Davis, hör mir zu!«, befahl sie ihm und versuchte, seinen Kopf von ihrem Busen zu nehmen.

Doch er presste sich nur noch fester an sie.

»Annie, ich liebe dich«, murmelte er betrunken. »Wie konntest du mir das antun? Uns? Ich dachte, du liebst mich!«

»Das tue ich doch!«

Dieses Mal schaffte sie es, seinen Kopf hochzuziehen. Sie strich die feuchte Strähne zurück, die an seiner Stirn klebte, und flüsterte: »Ich liebe dich, Darling.«

Sie küsste ihn sanft auf den Mund und rieb die Nase an seiner schweißfeuchten Wange.

»Sag mir, was das alles soll.«

Er setzte sich mühsam auf und wischte sich mit geballten Fäusten die Tränen aus den Augen. Allison war ergriffen. Er liebte Ann wirklich sehr.

»Du sagst, du liebst mich? Und du willst mich noch immer heiraten?«

»Natürlich.«

Davis fuhr sich mit der Zunge über die Lippen und blinzelte, als würde er nicht verstehen.

»Aber er hat gesagt ...«

»Wer?«

»Spencer.«

Sie presste wütend die Lippen zusammen. Dieser verdammte Kerl! »Was hat er gesagt?«

»Wir haben uns getroffen und was getrunken. Ich bin sturzbesoffen, nicht wahr?«, fragte er zerknirscht.

Sie streichelte ihn sachte vom Schädel bis zum Nacken.

»Dieses eine Mal verzeihe ich dir. Erzähl weiter. Was hat Spencer gesagt?«

Seine Lippen begannen wieder zu zittern.

»Dass ihr beide ... du weißt schon, dass ihr euch beide von Anfang an ineinander verliebt habt. Das konnte ich ihm ja noch abnehmen. Spencer ist schließlich ein Typ, der verdammt gut aussieht. Um den sind die Mädels schon in der Highschool nur so herumgeschwirrt.«

»Also, dann siehst du doch, dass an dem Ganzen nichts dran ist. Ich war freundlich zu ihm, und er hat das wie jeder Egomane gleich als eine Art Einladung verstanden.«

»Aber er sagte, ihr habt euch geküsst.«

Spencer Raft hatte kein Herz, keine Seele und kein Gewissen. Wie konnte er seinem Freund nur so wehtun?

Sie wollte nicht, dass zwischen Ann und Davis eine Lüge stand, deshalb blickte sie ihm in die trüben Augen und sagte: »Ja. Aber das hat überhaupt nichts zu bedeuten.«

»Er hat gesagt, du hast auf ihn leidenschaftlicher reagiert als jede andere Frau, die er in seinem Leben geküsst hat! Und dass er dich mehr begehrt als jede andere Frau, die er je getroffen hat.«

Davis vergrub das Gesicht in den Händen und schüttelte kläglich den Kopf.

»Ich konnte es nicht glauben. Ich habe sogar noch weitergetrunken, als er schon weg war. Aber ich musste dich sehen. Ich musste von dir hören, dass du mir sagst, du liebst mich nicht mehr, und dass du Spencer lieber magst.«

Ihre Brust war so angespannt und voll, dass sie kaum Luft bekam. Ein heißes Erröten erfasste ihr Gesicht und ihren gesamten Körper. Sie war die leidenschaftlichste Frau, die Spencer je geküsst hatte? Er begehrte sie mehr als jede andere Frau? Sie hätte sich gern in diesen Worten gesonnt und wäre gern länger bei diesem Gedanken verweilt, doch Davis war in einem so elenden Zustand, dass sie noch nicht einmal daran denken konnte, was Spencers Worte für sie bedeuteten. Zuerst musste sie das Chaos beseitigen, das sie auf Kosten Anns angerichtet hatte.

Sie packte ihn an den Schultern und drückte so lange, bis er die Hände vom Gesicht nahm und sie anblickte.

»Spencer ist charmant und attraktiv. Ich habe ihn geküsst. Aber das hatte für mich nicht mehr Bedeutung als der Kuss auf ein attraktives Foto. Dieser Mann ist oberflächlich und ohne jede Substanz. Ich könnte nie jemand anderen lieben als dich, Davis. Verzeih mir diesen einen kleinen Fehltritt.«

Sobald er über den Rollentausch Bescheid wusste, würde Ann natürlich sofort und absolut ohne Tadel dastehen.

»Ich will dich heiraten und mit dir in dem Haus wohnen, das du für uns ausgesucht hast.«

»Warum belügst du ihn so, Ann?«

Beide fuhren erschreckt zusammen, als sie die Stimme hörten. Sie war leise, rau und kehlig, aber gemessen an der Wirkung hätte es ein Kanonenschlag sein können. Allison fuhr von der Couch hoch. Davis, noch immer nicht nüchtern, rutschte rückwärts auf den Boden. Er rappelte sich mit so viel Würde auf, wie ihm möglich war, und stellte sich schwankend neben Allison.

»Verschwinde!«, fuhr sie Spencer an. »Du hättest beinahe unser gemeinsames Leben ruiniert!«

Spencer stand in der Tür, die sie vergessen hatte zu schließen, als sie den betrunkenen Davis ins Zimmer bugsierte. Er wirkte groß und bedrohlich, abgesehen von dem Rosenstrauß, den er in der Hand hielt. Von »Anns« Bekenntnis ihrer Liebe und Ergebenheit für Davis nicht gerade angetan, blickte er düster unter seinen dunklen Brauen hervor.

»Ich gehe nicht, bis diese Sache geklärt ist.«

»Sie ist geklärt!«, erwiderte sie unnachgiebig und versuchte gleichzeitig, Davis aufrecht zu halten. Das Stehen bereitete ihm noch immer ziemliche Probleme. »Ich liebe Davis, ich heirate ihn, und ich möchte, dass du dich nicht mehr in unser Privatleben einmischst. Wie konntest du ihm nur so wehtun!«

»Wie konnte ich?«, gab er unwirsch zurück. »Wie konntest du! War nicht ich es, der zu ihm gegangen ist, ihn von Mann zu Mann angesprochen und ihm die Situation erklärt hat, anstatt so zu tun, als ob die Küsse von gestern und vom ersten Abend hier in diesem Haus nie geschehen wären?«

Davis schwankte auf Allison zu.

»Wie, hier hast du ihn auch geküsst? Schon am ersten Abend, an dem ihr euch getroffen habt?« Er sank stöhnend auf die Couch und verbarg erneut das Gesicht in den Händen.

Sie kniete vor ihm nieder.

»Davis, Darling, hör bitte auf. Ich ertrage es nicht, dich so zu sehen. Bitte weine nicht mehr!«

Spencer stellte sich hinter sie und legte ihr tröstend eine Hand auf die Schulter.

»Ann, lass ihn sich ausheulen. Das ist letzten Endes besser für ihn.«

Sie sprang wutentbrannt auf.

»Halt den Mund! Du bist ein herzloser Schuft! Sieh dir doch an, was du angestellt hast!«

Er reckte kampflustig das Kinn vor.

»Vielleicht hat mein Erscheinen dieses Chaos ausgelöst, aber du erhältst es aufrecht! Mach dir nichts vor, Ann. Du musst dich zwischen uns beiden entscheiden!«

»Oh, Annie, Annie!«, jammerte Davis. »Wie konntest du bloß! Er ist nichts für dich.«

Allison wurde stocksteif und brüllte aus voller Kehle. Ihre Arme hingen unbeweglich herunter, als seien sie an den Seiten festgebunden. Dann wirbelte sie herum und schritt hölzern von den beiden Männern weg. Augen, Fäuste und Zähne hielt so fest zusammengepresst, wie sie nur konnte – in dem Versuch, ihr feuriges Temperament zu zügeln, das nur selten ausbrach – aber wenn, dann war Gefahr im Verzug.

Ihre Anstrengung war umsonst. Sie explodierte. Mit einem einzigen Satz war sie bei Davis, der zu einem jämmerlichen Haufen auf der Couch zusammengesunken war, und zog ihn am Hemd in die Höhe. Dass er an die dreißig Kilo schwerer war als sie, schien ihr nichts auszumachen. Sie schlug ihm heftig auf beide Wangen.

»Jetzt werde gefälligst wieder nüchtern!«, schrie sie ihn an, »und hör um Gottes willen mit diesem Geheule auf!«

»Und du!« Sie wandte sich dem entgeisterten Spencer zu und bohrte ihren Zeigefinger in seine Brust. »Du kommst jetzt mit!«

Sie nahm ihre Handtasche und die Schlüssel vom Couchtisch.

»Wohin?«

»Vorwärts!« Sie trieb ihn auf die Wohnungstür zu und zog den völlig verdutzten Davis hinter sich her. »Steig in mein Auto!«, befahl sie Spencer und schlug die Tür hinter sich zu. Zum Teufel mit den neugierigen Nachbarn, dachte sie. Das Ganze war sowieso von Anfang an Anns Fehler!

Sie setzte Davis auf den Beifahrersitz und warf einen wütenden Blick auf Spencer, der gehorsam auf die Rückbank kletterte. Dann startete sie, rammte den ersten Gang hinein und raste so schnell sie konnte zur Klinik. Ihre Passagiere waren klug genug, den Mund zu halten.

Die Klinik war nicht weit von Anns Wohnung entfernt; sie waren bereits nach zehn Minuten da. Allison hatte die Fahrzeit durch die Missachtung der Geschwindigkeitsbegrenzung und das Ignorieren jeglicher Vorstellungen von einer sicheren Fahrweise um fünf Minuten verkürzt.

»Was machen wir denn hier?«, murrte Davis.

»Steigt aus. Wir gehen dort hinein.« Als sie alle drei den Wagen verlassen hatten, schleppte sie Davis zu dem dezent beleuchteten Eingang. Spencer überließ sie sich selbst.

Die abgesperrte Eingangstür machte sie noch wütender.

»Aufmachen!«, brüllte sie und trommelte mit beiden Fäusten an die Glasscheibe.

»Ann ...«, wagte Spencer einzuwenden.

»Ich sagte, halt die Klappe!«, schnauzte sie ihn über die Schulter an.

Eine beunruhigte Pflegerin kam den Flur herangeeilt, um nach zu sehen, was los war. Sie sperrte auf und öffnete die Tür einen Spalt.

»Tut mir leid, aber die Besuchszeit ist vorbei. Unsere Patienten schlafen. Kommen Sie ...«

»Ich will genau jetzt da hinein«, erklärte Allison unnachgiebig, zwängte sich mit Davis im Schlepptau durch die Tür und schob die Frau einfach beiseite. »Und diese beiden Männer kommen mit mir!«

»Entschuldigung«, sagte Spencer höflich, als er an der Pflegerin vorbeischlüpfte, die mit offenem Mund dastand. »Sie ist verärgert«, fügte er hinzu, als würde das irgendetwas erklären.

Allison ging geradewegs zu Anns Zimmer, stieß die Tür auf und schaltete das Licht an. Dann gab sie Davis einen heftigen Stoß, sodass er in den Raum stolperte, gerade als Ann aufwachte und zu blinzeln begann.

»Was ist los?«, fragte sie. »Davis? Was machst du hier? Allison?«

»Allison?«, wiederholten die beiden Männer einstimmig.

Davis richtete seine blutunterlaufenen Augen auf die Patientin und erkannte Anns Nachthemd.

»Annie?«, fragte er mit dünner, hoher Stimme. Ann blickte vorwurfsvoll auf Allison.

»Allison, ich könnte dich umbringen! Ich sehe entsetzlich aus. Du hast versprochen, dass du …«

»Halt den Mund! Du bist an dem ganzen Mist schuld!«, fuhr Allison sie an.

Zum ersten Mal in ihrem Leben gab Ann ihrer Schwester nach anstatt umgekehrt. Ihr offen stehender Mund schloss sich mit einem hörbaren Zusammenklacken der Zähne. Sie hatte Allisons Augen noch nie so grün leuchten gesehen und ihre Schwester noch nie so außer sich erlebt.

Allison zeigte auf ihr Ebenbild, das in dem Klinikbett lag.

»Davis, das ist Ann. Sie hat sich die Brust vergrößern lassen. Es sollte eine Überraschung für dich sein. Sie wollte, dass du es erst erfährst, wenn alles vorbei ist, deshalb hat sie mich gebeten, für ein paar Tage in ihre Rolle zu schlüpfen.«

Davis gaffte fassungslos auf Ann.

»Eine Brustvergrößerung? Du meinst …«

»Ja. Freust du dich?«, fragte Ann schüchtern.

Sein zerzauster Kopf bewegte sich auf und ab.

»Ja, sicher, ich bin nur …«

»Ich kann es gar nicht erwarten, bis du …«

»Bitte, Ann, warte, bis ihr allein seid!«, unterbrach Allison. »Es sei denn, du willst, dass Spenc …«

Sie trat zur Seite, damit Ann den Mann sehen konnte, der hinter ihr stand.

»Ann, das ist Spencer Raft, Davis' bester Freund«, erklärte sie feixend. Sie riss ihm die Rosen – sie waren inzwischen schon etwas welk – aus der Hand und schmiss sie unfein auf das Bett. »Die sind für dich. Übrigens, er will mit dir schlafen!«

»Was?«, rief Ann verdattert, fuhr hoch und stützte sich mit den Händen hinter dem Körper ab.

Davis glotzte mit offenem Mund auf ihre Brüste, die merklich größer waren, das konnte man selbst trotz des locker sitzenden Nachthemds erkennen.

»Nur weil er dich ein paar Mal geküsst hat, meint er, du würdest gleich deine Verlobung mit Davis auflösen und mit ihm durchbrennen. Ach ja, hier hast du auch deinen Ring wieder.«

»Aber ich habe doch nie …«, begann Ann, beendete ihren Satz jedoch nicht.

»Hallo Ann, wie geht's?«, sagte Spencer.

In einer plötzlichen Anwandlung von Sittsamkeit zog sie das Betttuch höher.

»Hallo. Nett, Sie kennenzulernen.«

»Danke, gleichfalls.«

Allison seufzte wütend.

»Kann ich bitte ausreden, damit ich dann gehen kann?« Sie wandte sich Spencer zu. »Ich bin diejenige, die auf den Gehsteig fiel und dich mit Blut besudelt und Wein auf dich geschüttet hat. Bei meinem Sturz verlor ich eine Kontaktlinse, deshalb war ich nicht nur unbeholfen, sondern auch halbblind, und deswegen trank ich aus zwei Gläsern und so weiter. Und ich bin auch die, die du heute im Labor besucht hast und die dort Kaffee auf dich spuckte!«

»Du bist hingefallen? Wo? Wann?«, fragte Ann verstört. »Allison, was ist eigentlich los?«

»Das versuche ich gerade zu erklären! Spencer will dich. Er glaubt, du liebst Davis nicht, weil er die ganze Zeit mich mit ihm zusammen beobachtet hat, und ich bin ganz offensichtlich eine miese Schauspielerin!«

»Du meinst, ich habe dich geküsst …« Davis schien

aus seiner Benommenheit zu erwachen; er warf einen schuldbewussten Blick auf Allison. »Allison, ich, äh …«

Seine Wangen wurden glühend rot.

»Annie, ich habe sie geküsst, aber ich dachte …«

»Schon gut, Darling«, unterbrach ihn Ann und tätschelte seine Hand. »Das war meine Idee. Komm, setz dich zu mir. Ich habe dich vermisst.«

Sie streckte die Hand nach ihm aus, und er setzte sich neben sie und küsste ihre Fingerspitzen.

»Wie gesagt«, fuhr Allison über das Liebesgeflüster der beiden hinweg fort, »Spencer war heute Abend bei Davis und sagte ihm, du würdest ihn ebenso sehr begehren wie er dich. Daraufhin hat sich Davis sinnlos betrunken, weil er dachte, du würdest ihm den Laufpass geben und eine Affäre mit diesem Schürzenjäger beginnen. Davis platzte heulend bei mir herein, das heißt eigentlich bei dir, und bat dich, eure Liebe nicht einfach über Bord zu werfen. Dann kam Spencer angerauscht; er war verärgert, dass Davis bei dir war. Du musst dich zwischen den beiden entscheiden.«

Sie atmete tief durch.

»Also. Ich denke, ich habe alles Wichtige gesagt und dich auf den neuesten Stand der Dinge gebracht. Und damit bin ich ab sofort aus dieser Sache draußen. Den Rest könnt ihr drei allein unter euch ausmachen.«

Mit einem heftigen Ruck schleuderte sie die roten Haare nach hinten und stolzierte hoch erhobenen Hauptes aus dem Zimmer.

Ihr Trotz hielt an, bis sie in ihre kleine Wohnung kam, die nach tagelangem Leerstehen muffig und stickig war. Erst dann brach die Ungeheuerlichkeit des Geschehenen wie eine Lawine über sie herein, und sie sank tränenüberströmt auf ihr Bett.

Sie weinte mehrere Minuten lang heftig, bis die Tränen nachließen und das Schluchzen aus schierer Erschöpfung aufhörte.

Aber warum weinte sie eigentlich? War sie denn nicht froh, dass alles vorbei war?

Sie rollte sich auf den Rücken und ließ ihren verzweifelten Blick im Zimmer umherschweifen. Dieses Apartment hatte ihr gefallen, weil es klein und kompakt war. Doch nach den Tagen in Anns Wohnung schien es sie nun zu erdrücken; sie fühlte sich fast wie in einer Gefängniszelle.

Es war geradezu übertrieben ordentlich. Nichts stand am falschen Platz. Es war so makellos aufgeräumt wie ihr Gefühlsleben. Nie hing der Pullover eines Mannes über einer Stuhllehne, nie lag der Sportteil der Zeitung auf dem Boden. Im Spülbecken stand immer nur ein Glas, niemals zwei. Anns Behausung sah bewohnt aus, Allisons war so steril wie ihr Labor. So steril wie ihr Leben.

»Hör auf, dich selbst zu bemitleiden«, murrte sie, stand auf und ging ins Bad.

Sie hatte sich dafür entschieden, sich ihr Leben exakt so einzurichten, wie es war. Ann war während ihrer Schulzeit zu Partys und zum Tanzen gegangen. Allison war zu Hause geblieben und hatte gelernt. Ann hatte sich immer mit begehrenswerten Männern umgeben. Allison mied gesellschaftliche Ereignisse. Ann war nicht weniger intelligent als Allison, doch sie ging unterschiedlichen Interessen nach, während Allison sich ausschließlich auf ihre Arbeit konzentrierte und sich über Anns Vergeudung ihrer geistigen Fähigkeiten häufig ärgerte.

Aber waren sie wirklich vergeudet? Ann war glücklich. Allison war … was? Resigniert? Glücklich war jedenfalls nicht das Wort, das einem für eine Beschreibung ihrer Person in den Sinn kam.

Bis vor ein paar Tagen war sie mit ihrem Leben zufrieden gewesen. Jetzt fühlte sie eine Ruhelosigkeit, die sie irritierte. Was wollte sie?

Allison schaltete das Licht aus und stieg in ihr schmales Bett. Sie hatte sich an Anns großes Doppelbett gewöhnt, das natürlich zwei Personen Platz bot und nicht nur einer.

Auch an hübschen Kleidern und Make-up hatte sie Gefallen gefunden. Und daran, wie ihre langen Haare über die Schultern wogten, und am Duft von Parfum auf ihrer Haut.

Es beunruhigte sie irgendwie, wie sehr sie all diese für eine Frau typischen Dinge vermissen würde. Und noch mehr, wie sehr sie die Gegenwart eines Mannes vermissen würde. Seine Berührung. Seine Küsse. Wieder sammelten sich in ihren Augen Tränen.

Oh Gott! Konnte sie wirklich eines Mannes wegen weinen? Dieses Mannes wegen?

Er hatte Ann geküsst und erklärt, dass er sie begehrte, nicht Allison. Er erkannte in ihr nicht einmal die Frau wieder, mit der er Zärtlichkeiten ausgetauscht hatte. Er war ein Playboy, ein Jetsetter – heute hier, morgen dort –, der an nichts und niemanden dachte als an sich selbst. Er wäre besser nie nach Atlanta gekommen. Er war nichts für Ann. Und für Allison schon gar nicht. Es war ein Segen, dass sie ihn nie mehr sehen würde.

Aber wieso fühlte sie sich dann einsamer und trostloser als je zuvor in ihrem Leben?

»Komm schon, Rasputin. Sei ein braver Junge. Du bist so ein schönes Kerlchen. Ich weiß ja, dass ich nicht deine große Liebe bin, aber du musst nun einmal mit mir vorlieb nehmen. Na, fühlt sich das nicht gut an, hm?« – »Zumindest klingt es so.«

Die Hände im Kaninchenkäfig und in einer höchst undamenhaften Position vornübergebeugt, drehte Allison abrupt den Kopf und sah Spencer dicht hinter sich stehen.

»Was machst du hier?«

»Was machst du hier?« Er deutete mit einem Kopfnicken auf den Käfig.

Sie streichelte Rasputin noch einmal und schloss dann den Käfig. Sie trug einen Handschuh aus Kaninchenpelz, den Spencer neugierig betrachtete. In seinen Augen lauerte ein schelmisches Funkeln, und seine Lippen waren zu einem leichten Lächeln verzogen. Es ärgerte sie, dass er absolut beherrscht und ruhig war, vor allem, weil sie seinetwegen eine höllische Nacht verbracht und viel geweint hatte.

Sie schob das Kinn nach vorn.

»Ich reibe seinen Bauch mit diesem Pelzhandschuh.«

»Und aus welchem Grund?«

»Weil ich eine Samenprobe brauche. Das erregt ihn.«

Das Funkeln in seinen Augen veränderte sich vollständig.

»Du willst Erregung spüren? Dann reibe meinen Bauch damit.«

Es war diese Stimme, diese verdammt raue, männliche Stimme, die sie ebenso sehr schwach werden ließ wie das, was er sagte. Aber sie wollte keinen Zentimeter nachgeben, denn sie wusste nur zu gut, dass er daraus leicht einen Kilometer machen konnte, und so schüttelte sie den Handschuh zornig ab.

»Tut mir leid, Rasputin. Ich komme später noch einmal zu dir«, murrte sie und bemühte sich, Raum zwischen sich und Spencer zu bringen. Als sie sich in sicherer Entfernung von ihm wähnte, drehte sie sich um. »Ich habe genug von Ihnen, Mr Raft. Ich habe keine Lust, Sie noch länger zu ertragen.«

Er betrachtete sie mit einem arroganten, reuelosen Grinsen.

»Nein, das hast du nicht. Du wirst noch eine ganze Menge mehr von mir abbekommen.«

Sie schwankte heftig zwischen Wut und Begehren. Ihr Körper reagierte sogar dann auf seine einschmeichelnden, vieldeutigen Worte, wenn sie sich ihnen verschloss.

»Ich habe genug von Ihren groben Andeutungen. Solange ich meine Schwester spielte, musste ich sie mir anhören, um mit Davis Frieden zu halten. Aber jetzt spreche ich für mich selbst, und ich finde sie widerlich.«

»Ich finde dich hinreißend.«

Sie stieß einen Seufzer aus und drehte sich schnell um, damit er nichts merkte.

»Hören Sie auf, sich über mich lustig zu machen.«

Sie hatte ihn von Anfang an für eingebildet und selbstsüchtig gehalten. Aber sie hatte nicht erwartet, dass er vorsätzlich grausam sein würde.

»Lustig zu machen?« Er trat mit einem raschen Schritt hinter sie, legte die Hände auf ihre Schultern und versuchte, sie zu sich zu drehen. Sie wehrte sich und schüttelte seine Hände ab.

»Ich bin sicher, ihr habt gestern Abend in der Klinik nach meinem Abgang alle herzhaft gelacht.«

Liebkosten seine Finger leicht ihren Rücken oder war das nur ihre Einbildung?

»Ich kann mich an kein ausgelassenes Gelächter erinnern. Davis und ich haben noch ein paar Lücken in deiner Geschichte geschlossen. Ann war über alles, was passiert ist, entsetzt und hatte Mitleid mit dir. Sie versuchte, dich anzurufen, um sich zu entschuldigen.«

»Ich hatte das Telefon ausgeschaltet.« Endlich entwand sie sich seinen Händen und ging ans Fenster, wo sie, ihm den Rücken zugewandt, mit den Schnüren der Jalousetten zu spielen begann. »Ich wollte mit niemandem reden, nicht einmal mit Ann. Ich hoffe nur, sie hat für das viele Geld bekommen, was sie sich von dieser Operation versprochen hat – nach dieser Hölle, durch die sie mich geschickt hat.«

»Waren ihre Brüste so wie deine?«

Sie blickte ihn durchdringend an. Er kam ihr schon wieder nahe. Zu nahe. Und er sah sie an, als hätte er es bereits geschafft, sie ins Bett zu bekommen, und kenne ihren Körper bestens. Sie konnte seine Frage ebenso wenig unbeantwortet lassen, wie sie das Schlagen ihres Herzens anhalten konnte.

»Identisch.«

Sein Blick wanderte zu ihren Brüsten, verweilte dort unverfroren lange und traf schließlich wieder den ihren.

»Warum war sie nicht damit zufrieden?«

Mehrere Augenblicke lang starrten sie einander stumm an.

Allison verlor sich in seinen blauen Augen. Dieser heiße Blick schien um sie herumzuwirbeln, sie zu wärmen, ihren Körper geschmeidig zu machen und mit Sehnsucht zu erfüllen. Sie mochte seine ledergegerbte Haut und seine dicken, buschigen Brauen, sogar die Falten in seinem Gesicht, die ein wenig heller waren als die stärker von der Sonne gebräunten Stellen. Am liebsten wäre sie jede einzeln mit den Fingerspitzen nachgefahren.

Doch sie riss sich aus ihrer kleinen Träumerei heraus und trat zurück. Er redete als Erster.

»Ann hat Davis geneckt, weil er dich küsste, ohne es zu merken. Er war verärgert, weil er dich für seine Verlobte hielt. Ich schätze, er wird eine ganze Weile brauchen, bis er dir wieder in die Augen schauen kann.«

Sie war zu einem der hohen Tische mit Steinplatte gegangen, auf denen Mikroskope, Bunsenbrenner und Bechergläser bereitstanden, und schaute in eines der Mikroskope, obwohl sie wusste, dass kein Objektträger darin war. Aus dem Augenwinkel sah sie, dass sich Spencer auf den Hocker neben ihr setzte. Als er seinen Fuß auf die obere Sprosse stellte, stieß er mit dem Knie an ihren Oberschenkel. Sie wich zurück.

»Was haben Sie die ganze Zeit gemacht, während Davis verlegen war und Ann ihn neckte?«

»Ich? Ich war riesig erleichtert, dass ich meine Freundschaft mit Davis nicht für die Frau, die ich haben will, opfern muss.«

Sie wurde plötzlich hellhörig und drehte sich zu ihm um, und dabei geriet sie irgendwie in die Gefahrenzone zwischen seinen weit geöffneten Beinen.

»Was sagen Sie da? Verstehen Sie denn nicht? Ann liebt Davis. Sie heiratet ihn. Sie hat Sie erst letzte Nacht kennengelernt.«

»Ich verstehe schon. Aber du offenbar immer noch nicht.« Irgendwie schaffte er es, ihre Arme zu fassen und sie zu sich zu ziehen. Ehe sie es merkte, stand sie dicht vor ihm. »Ich bin die ganzen letzten Tage schon hinter dir her, Allison, nicht hinter deiner Schwester. Mich ärgert euer Rollentausch nicht, sondern ich bin darüber hocherfreut. Denn das bedeutet, wir beide sind frei, mit dem weiterzumachen, was neulich begann, als ich dich zum ersten Mal im Arm hielt.«

Sie beugte sich so weit von ihm weg, wie seine um sie gelegten Arme es zuließen, und musterte ihn.

»Sie sind nicht annähernd so klug, wie ich dachte, Mr Raft. Haben Sie es noch immer nicht kapiert? Schauen Sie mich an. Sie haben mit Ann getanzt. Sie haben Ann geküsst. Sie haben Ann berührt. Nicht mich!« Sie breitete die Arme aus. »Das bin ich!«

Sein Blick wanderte über ihren Pferdeschwanz, den Bleistift hinter ihrem Ohr, die Brille, die sie trug, weil sie so viel geweint und zu wenig geschlafen hatte. Er betrachtete ihren Laborkittel, ihren altmodischen Rock, die hässlichen Schuhe.

»Du bist entzückend. Ich mag dich besonders dann, wenn du Feuer spuckst, so wie gestern Abend bei Davis und mir. Wenn du in Wut gerätst, wirst du zu einer regelrechten Furie – faszinierend und sexy. Am liebsten hätte ich dich umarmt, auf den Boden geworfen und an Ort und Stelle genommen, Davis hin oder her.«

Entgeistert, brachte sie es dennoch fertig, sich aus seiner Umarmung zu befreien und zurückzutreten.

»Sie kamen gestern hierher, verbrachten eine halbe Stunde mit mir und erkannten mich nicht als die Frau, die Sie nur einen Tag zuvor geküsst hatten!«

»Weil ich nicht dich gesucht habe, Allison.« Er kam auf sie zu. »Hätte ich das getan, dann wäre mir sofort alles klar gewesen.«

Sie wusste nicht, dass sich ein Mann so schnell und so mühelos bewegen konnte. Sein Mund presste sich heiß auf ihren, und seine Arme schlangen sich eng um sie, noch bevor sie überhaupt mitbekam, was passierte. Ohne Zeit zu vergeuden, befahl er ihrem Mund mit einem ungeduldigen Stoß seiner Zunge, sich zu öffnen. Von seiner Männlichkeit überwältigt, lud sie ihn mit einem leisen Stöhnen und bereitwilligen Lippen zu sich ein.

Seine Zunge schob sich durch ihre weichen Lippen,

erforschte, schmeckte, wirbelte, streichelte ihren Mund. Ihre Arme hingen schlaff herunter, doch ihr Körper entflammte wie trockener Zunder. Spencer rieb seinen Bauch an ihrem und zerstreute damit bei ihr jeden Zweifel daran, dass sie es war, die er wollte, und sie reagierte darauf, indem sie unwillkürlich den Unterleib an seine männliche Härte presste.

Ein derart sich aufbäumendes Begehren zu unterdrücken war keine leichte Aufgabe, doch sie kämpfte heftig dagegen an.

Noch nie hatte sie einem Mann die Macht an die Hand gegeben, sie zu verletzen.

Noch nie war ihr einer so nahegekommen. Sie hatte eine Mauer um sich errichtet. Und Spencer schlug mit jedem Kuss ein kleines Loch in diese Wand und kam ihrem inneren Selbst viel zu nahe. Wenn sie ihn einließ, dann konnte und würde er ihr das Herz brechen, ihr jetziges Leben zerstören.

Die Handballen auf seine Schultern gestemmt, drückte sie sich von ihm weg. Sie atmete heftig und hoffte, er würde das für Wut halten und nicht für Leidenschaft.

»Sie vergessen, dass ich mich von Ihnen nur küssen ließ, um Davis Peinlichkeiten zu ersparen. Jetzt muss ich Ihre niederträchtigen Umarmungen nicht mehr erdulden!«

»Niederträchtig?«

»Jawohl, niederträchtig! Bitte gehen Sie. Ich weiß nicht, weshalb Sie sich die Mühe gemacht haben, heute hierherzukommen, denn Sie sind nicht willkommen. Und versuchen Sie nicht, mich wiederzusehen!«

Den Blick fest auf sie geheftet, gab er nach und wich zurück. Doch sie schaute als Erste weg, und das war so gut wie ein Geständnis, dass sie gelogen hatte. Spencer wusste das. »Nun, Allison, du magst mich also überhaupt nicht, ja?«

»Nein – ich meine ja, genau. Ich mag Sie nicht!«

»Nicht einmal ein bisschen?«

Dieser stichelnde, aufreizende Spott in seiner Stimme. Sie knirschte ärgerlich mit den Zähnen. »Nein!«

»Ach, das ist wirklich zu schade.«

Sie blickte zu ihm auf, vorsichtig, aber auch voller Neugier. »Wieso?«

»Weil ich hierherkam, um mich als Freiwilliger zur Verfügung zu stellen.«

»Als Freiwilliger? Wofür?«

»Um Vater des Kindes zu werden, das du haben willst.«

»Was für eine hervorragende Idee!«

6

Verblüfft starrte sie zuerst auf Spencer, der diesen ausgefallenen Vorschlag gemacht, und dann auf Dr. Hyden, der ihn von der Türschwelle aus gutgeheißen hatte. Spencer wandte den Blick nicht von Allison ab. Dr. Hyden bewegte sich als Erster; er trat mit höchst interessierter Miene ins Zimmer.

»Du hast mir ja gar nicht gesagt, dass du auf Kandidatensuche bist!«, neckte er Allison vergnügt.

Ihre Kehle war wie zugeschnürt, sie musste sich zum Sprechen zwingen.

»Ich suche keinen Kandidaten! Ich weiß nicht, woher er diese verrückte Idee hat!«

»Na ja, von dir, würde ich meinen«, erwiderte Dr. Hyden. »Du hast doch erst vor ein paar Tagen mit mir darüber gesprochen. Freut mich, Sie kennenzulernen, junger Mann«, fuhr er an Spencer gewandt fort und reichte ihm die Hand. »Dr. Hyden.«

Spencer schüttelte sie herzlich. »Spencer Raft. Freut mich sehr, Sie zu treffen, Dr. Hyden.«

Allison war kurz davor, wieder einmal zu explodieren. »Würden die beiden Herren sich bitte woanders miteinander bekannt machen. Ich habe zu arbeiten!«

Sie wirbelte herum und wollte zu den Käfigen gehen. Doch Spencer erwischte den Zipfel ihres Laborkittels und zog sie zu sich.

»Nicht doch. Wir besprechen ein wissenschaftliches Experiment. Romeo kann warten.«

»Rasputin!«, korrigierte sie ihn heftig und versuchte

vergebens, sich aus seinem stählernen Griff zu befreien.

»Ich weiß nichts von einem wissenschaftlichen Experiment, das in irgendeiner Weise Sie beträfe!«

»Aber natürlich«, fuhr Spencer unbeirrt fort. »Ann hat mir letzte Nacht alles darüber erzählt, und zwar um einiges ausführlicher, als du und Davis neulich beim Abendessen. Sie sagte, du würdest Experimente zur Beziehung zwischen Vererbung und Intelligenz durchführen. Erst diese Woche hast du zu ihr gesagt, wenn du einen passenden Erzeuger finden würdest, hättest du gern ein Baby, um deine Theorie zu testen.«

Wie konnte eine so arglos gemachte Bemerkung eine derartige Reaktion nach sich ziehen?

»Ann war nach ihrer Operation noch unter der Wirkung der Narkose!«, rief sie. »Als Antwort auf ihre Frage sagte ich im Scherz, es sei schade, dass ich nicht mit einem menschlichen Baby experimentieren könne! Das war alles! Ich habe das nicht ernst gemeint. Ich meinte doch nicht wörtlich, dass ich für einen solchen Zweck ein Baby haben wollte!«

»Warum denn nicht, wenn du einen Mann hast, der sich freiwillig als Vater zur Verfügung stellt?«

»Ja, warum eigentlich nicht?«, warf Dr. Hyden ein.

»Warum nicht?« Allison schnappte nach Luft. War sie die einzige Person auf der Welt, die nicht verrückt geworden war?

»Ich wiederhole, dass ich das für eine ausgezeichnete Idee halte«, erklärte Dr. Hyden noch einmal. »Ich habe dir gesagt, du würdest eine perfekte Mutter abgeben. Alles, was du bräuchtest, wäre ein ebenso qualifizierter Vater.«

Er ignorierte Allisons entsetzten Blick und wandte sich an Spencer.

»Bitte fühlen Sie sich durch meine detaillierten Fragen nicht beleidigt.«

»Schießen Sie los!«, sagte Spencer freundlich und setzte sich wieder auf den Hocker. Er wirkte locker und entspannt und amüsierte sich ganz offenbar hervorragend.

»Wissen Sie, welchen IQ Sie haben?«

»So um die hundertsiebzig, glaube ich.«

Dr. Hyden zog beeindruckt die Augenbrauen nach oben. Dann schob er die Brille auf die Nase herunter und inspizierte Spencer gründlich.

»Sie sind jedenfalls ein physisch beeindruckendes Exemplar unserer Spezies. Leben Ihre beiden Eltern noch?«

»Ja.«

»Bei guter Gesundheit?«

»Hervorragend.«

»Geschwister?«

»Leider ein Einzelkind.«

»Keine erblichen Krankheiten, hoffe ich.«

»Nicht dass ich wüsste.«

»Ein gutaussehender Mann sind Sie zudem.« Dr. Hyden drehte sich zu Allison um, die mit verschränkten Armen und schäumend vor Wut dastand. »Gratuliere. Du hast dir ein perfektes Exemplar ausgesucht.«

»Ich habe ihn für gar nichts ausgesucht! Seine Qualifikation mag ja beeindruckend sein, aber ich werde nicht von jedem Hengst, der zufällig Phi-Beta-Kappa-Mitglied ist, ein Baby haben wollen!«

Dr. Hyden dachte über ihre Worte nach und wandte sich dann mit einem etwas düsteren Blick wieder an Spencer.

»Sind Sie so ein ›Hengst‹, der nur auf ein kurzes Abenteuer aus ist?«

»Nein.« Spencer stand wieder auf und trat, Dr. Hydens abwägenden Blick außer Acht lassend, vor Allison. »Ich mag Allison sehr. Und ich denke, sie mag mich auch. Ich will eine Beziehung mit ihr aufbauen.«

»Ah, das ist ja wunderbar!«, schwärmte Dr. Hyden und rieb sich freudestrahlend die Hände.

»Aber sie ist so ein Dickkopf«, fuhr Spencer fort. »Sie widersetzt sich jedem Gedanken daran, mit mir zusammen zu sein.«

Dr. Hyden betrachtete seinen Schützling stirnrunzelnd. »Ja, ich weiß, sie kann sehr stur sein.«

Allison blieb störrisch und stumm. Doch das heiße Funkeln in Spencers Blick, als er sie betrachtete, stellte Dr. Hydens Optimismus wieder her. Er schlug Spencer aufmunternd auf die Schulter.

»Ich habe volles Vertrauen in Ihre Fähigkeit, sie zu überzeugen, junger Mann. Allison, ich erwarte periodische Berichte über das Projekt. Euch beiden einen guten Tag.« Beschwingt verließ er das Labor, sein Kittel flatterte hinter ihm her wie ein Segel.

Fuchsteufelswilde grüne Augen blickten zu triumphierenden blauen auf. »Du hältst dich für äußerst klug, nicht wahr?«

»Dr. Hyden scheint das zu denken.«

»Na gut – ich aber nicht! Ich denke, du bist manipulativ und arrogant und unerträglich eitel!«

»Siehst du? Der perfekte Ausgleich, weil du viel zu zurückhaltend und bescheiden bist.«

Kochend vor Wut wandte sie sich von ihm ab und gab vor, an ihre Arbeit zu gehen. Doch er ließ sich von ihrer scheinbaren Geschäftigkeit nicht abschrecken. Er drehte sie an den Schultern zu sich herum und keilte sie zwischen sich und dem hohen Tisch ein. Dann nahm er ihr die Brille ab und legte sie beiseite.

»Das ist der Beweis!« – »Wofür?«, fragte er und nahm den Gummi aus ihrem Haar.

»Dass du mich nur attraktiv findest, wenn ich wie Ann aussehe. Warum hörst du nicht endlich auf mit diesem perversen Spiel?«

Sie versuchte, unnachgiebig zu klingen, aber ihre Stimme zitterte und wurde geradezu fiebrig, als er mit der Hand durch ihr offenes Haar kämmte. Sie sollte sich wehren, gegen ihn ankämpfen. Aber stattdessen ließ sie zu, dass er seinen Körper mit atemberaubender Genauigkeit ihrem anpasste.

»Dies ist kein Spiel, und ich habe nur am Anfang vor, ein bisschen pervers zu sein.«

Seine Daumen massierten zart die Rückseite ihrer Ohren.

»Lass mich in Ruhe!«, stöhnte sie.

»Ich kann dich nicht in Ruhe lassen, Allison«, flüsterte er und drückte ihr einen Kuss in den Nacken. Sie bewegten sich beide hin und her.

»Ich gebe zu, dass mir deine Haare besser gefallen, wenn sie offen sind, sodass ich mit den Fingern durchfahren kann. Aber ich finde, mit deiner Brille siehst du einfach süß aus. Ich habe sie dir nur abgenommen, damit sie nicht zerbricht.«

»Zerbricht?«, fragte sie atemlos. »Was hast du vor?«

»Versuchen, dich dazu zu bringen, dass du zugibst, was du ohnehin schon längst weißt.«

Dann küsste er sie. Zuerst liebkosten seine Lippen leicht die ihren, berührten sie vorsichtig, zogen sich zurück, berührten erneut. Seine Zunge fuhr über ihre Lippen, befeuchteten sie und erregte ihren Appetit nach ihm.

»Jetzt pass auf, ich zeige dir, wie es mit uns wird«, murmelte er, den Mund an ihrem.

Seine Zunge sank tief in sie hinein, und sie wollte noch tiefer, noch mehr. Er legte den Kopf von einer Seite auf die andere, langsam, genießerisch, ließ seine Zunge hin und her über die ihre gleiten.

Ihre Brüste waren an seinen Oberkörper gepresst, doch an den Seiten traten sie heraus, und er streichelte und massierte diese Rundungen mit den Fingerkuppen. Sie spürte es durch den Laborkittel, ihre Bluse und den BH hindurch. Dann glitt eine Hand an ihr Kreuz und drückte sie noch fester an ihn, sodass seine erregte Männlichkeit sanft gegen die Innenseite ihrer Schenkel rieb.

Als er seine Lippen von den ihren nahm, war sie so warm und geschmeidig wie Wachs.

»Wir würden ein wunderbares Baby hinkriegen«, murmelte er. »Denk darüber nach. Heute Abend um acht hole ich dich ab. Ich erwarte deine Antwort beim Essen.«

Warum nicht? Warum nicht? Warum nicht?

»Warum nicht?«, fragte sie ihr Spiegelbild an der Schranktür. »Eine Million Gründe warum nicht, darum nicht!«

Ihr einziges passendes Kleid war längst nicht so elegant wie irgendetwas von Anns Sachen, aber es musste einfach reichen. In dem blauen Georgettekleid mit dem ordentlich gebügelten Oberteil sah sie genau wie das aus, was sie war – eine alte Jungfer.

Was macht es dir schon, wie du für ihn aussiehst?

Also gut, es macht dir etwas aus. Aber nur ein bisschen. Du willst nur nicht, dass er dich für eine verzweifelte alte Jungfer hält.

Zurück zu dem Baby. Baby? Denkst du wirklich darüber nach? Ja, denn er erwartet eine Antwort, und du solltest besser zehn Millionen Gründe parat haben, warum es nicht infrage kommt. Er ist so verdammt klug und schlagfertig.

Erstens, du magst ihn gar nicht.

Aber er wird danach sowieso nicht mehr da sein. Du wirst nur … er wird nur seine «Saat« ausbringen. (Was für ein alttestamentarischer Ausdruck für eine Wissenschaftlerin!) Es macht also überhaupt keinen Unterschied, ob du ihn magst oder nicht. Du musst Dr. Hyden Recht geben – wenn du dir einen Vater für dein Kind wählen solltest, dann wäre Spencer Raft auf jeden Fall eine gute Wahl.

Zweitens, ein Kind zu haben ohne einen Mann. Das ist heutzutage kaum mehr ein stichhaltiges Argument. Tausende Singles ziehen Kinder auf, Männer ebenso wie Frauen.

Aber was ist mit deinen Eltern? Sie wären schockiert, dass ihre vernünftige Allison, die sich doch anscheinend für kein Lebewesen außerhalb ihres Labors interessierte, auf einmal eine «Frucht der Sünde« gebären würde. Wieder eine biblische Anspielung.

Was kümmert es dich, was andere denken, selbst wenn es deine Eltern sind? Du würdest das schließlich für dich tun, nicht wahr?

Sie wandte sich vom Spiegel ab und ließ den Blick durch ihre leere Wohnung wandern. Ja, für mich. Es wäre mein Baby. Mein Kind. Jemand, der mich liebt, und den ich lieben kann.

Grund Nummer drei …

In einer Schublade fand sie etwas Wimperntusche. Sie war eingetrocknet, aber mit ein bisschen Wasser vermischt reichte es, um die Spitzen ihrer Wimpern zu färben. Sie legte zum ersten Mal die Perlenohrringe an, die ihre Mutter ihr letzte Weihnachten geschenkt hatte. Die Haare steckte sie zu einem Knoten hoch, der aber lockerer war als jener, den sie normalerweise trug. Um Gesicht und Nacken ließ sie sich einige offene Strähnen ringeln. Sie betrachtete sich ein letztes Mal im Spiegel und war auf das Resultat einigermaßen stolz.

Doch als es an der Tür klingelte, zuckte sie zusammen, und ihre Handflächen begannen schlagartig zu schwitzen. Ihre Gründe gegen ein Kind hatten nicht einmal ihren eigenen Argumenten standgehalten. Spencer würde sie bestimmt mühelos zerpflücken.

»Dieser verdammte Kerl, dass er mir das antut!«, murrte sie, drehte das Licht im Schlafzimmer aus und ging an die Tür.

Lange Sekunden, nachdem sie geöffnet hatte, war das Einzige, was sich an ihm bewegte, seine Augen. Sie taxierten sie, ließen vom Scheitel bis zur Sohle ganze Schauer an Empfindungen über sie ergehen.

»Du siehst wunderschön aus, Allison.«

Er trat ein, ergriff ihre Hand und führte sie an seinen Mund. Dann drehte er sie um und presste seine Lippen auf die Innenseite ihres Handgelenks, auf die Stelle, an der sich ihr Puls gerade zusehends beschleunigte. Zuletzt küsste er sie zärtlich auf den Mund.

»Du siehst auch gut aus«, sagte sie zitternd, als er sie losließ.

Er trug einen zweireihigen blauen Blazer, eine graue Hose und ein cremefarbenes Hemd. Der offene Kragen zeigte seine gebräunte Brust und lockige, dunkle Haare. In der Brusttasche des Blazers steckte ein rotes Seidentuch.

»Du siehst aus, als wärst du bereit, den Anker zu lichten und loszusegeln.«

Seine Finger glitten über ihre Wange und ihren Hals.

»Nein, so weit bin ich noch nicht.«

Tief in ihrem Körper tanzten Schmetterlinge. Einer flatterte zu ihrer Kehle hoch, gerade als sie sprechen wollte. »Bist du fertig, können wir gehen?«

»Ich würde gern deine Wohnung sehen.«

»Da gibt es nichts zu sehen.« Sie machte eine ausholende Geste durch das Wohnzimmer und die daran anschließende, durch eine Theke abgetrennte Küche. »Das ist alles.«

Er schaute sich um, ohne einen Kommentar abzugeben. Dann sah er ihr mit ausdruckslosem Blick wieder in die Augen. »Also, gehen wir. Hast du einen Mantel?«

»Nein.«

Sie gingen die Außentreppe hinunter. Allison zuckte nervös zusammen, als er eine Hand in ihren Nacken legte. Seine Finger waren hart und schwielig, aber sie lagen sanft auf ihrer Haut. Am Wagen angekommen, hielt er ihr die Tür auf. Er stieg ein, startete dann jedoch nicht den Motor. Nach einigen Sekunden blickte Allison, die stocksteif dasaß, zu ihm hinüber.

»Was ist los?«, fragte sie.

»Das würde ich gern wissen.«

»Ich weiß nicht, was du meinst.«

»Jedes Mal, wenn ich dich berühre, zuckst du zusammen, als hättest du Angst vor mir. Das macht mich schier verrückt, und ich möchte, dass du damit sofort aufhörst. Ich werde dich nicht vergewaltigen, Allison. Ich habe mich noch nie einer Frau aufgedrängt. Also würdest du bitte aufhören, dich zu benehmen, als ob du mein erstes Opfer wärst?«

Sie wandte scheu den Blick ab. »Ich wusste nicht, dass ich das tue.«

»Okay, jetzt weißt du es. Glaub mir, wenn ich bereit bin, dich zu lieben, dann bist du die Erste, die es mitbekommt.« Ihr Blick wanderte wieder zu ihm zurück.

»Wenn ich mit dir vor dem Essen hätte ins Bett gehen wollen, dann wären wir jetzt in deinem Schlafzimmer. Ich hätte dir dein Kleid, den Unterrock, die Strumpfhose und den BH schon ausgezogen und du würdest unter mir liegen, nackt. Ich würde dich küssen und deine Brüste und Schenkel streicheln, und du würdest nach mir greifen, und ich wäre bereit.«

Während er sie mit einem hypnotisierenden Blick betrachtete, ließ er seine Worte wirken.

»Aber könntest du dich, bis es so weit ist, bitte entspannen?«

Entspannen? Wo er gerade jedes Kleidungsstück aufgezählt hatte, das sie am Leib trug, als hätte er einen Röntgenblick? Nachdem er detailliert das Vorspiel beschrieben hatte? Doch sie nickte trotzdem, nur damit er endlich losfuhr und sie nicht mehr mit diesem spürbar durchdringenden Blick anstarrte.

Seltsamerweise begann er, sobald sie unterwegs waren, eine ganz ungezwungene Unterhaltung über alles Mögliche. Unter anderem fragte er sie, ob sie heute schon mit Ann gesprochen habe.

»Ja, als ich nach Hause kam, rief ich sie an. Sie war schon in ihrer Wohnung zurück und bereitete gerade ein großes Essen vor, um mit Davis zu feiern. Es schien ihr gut zu gehen.«

»Ganz schön verrückt, was sie da gemacht hat«, meinte Spencer lachend. »Ich hoffe, dass Davis seine Freude hat.«

»Da bin ich mir ganz sicher.« Sie lächelten sich an, und Allison bemerkte, dass sie tatsächlich entspannt war.

Auf dem Weg vom Wagen zum Restaurant legte er eine Hand an ihre Taille und lächelte, weil sie nicht zusammenzuckte. Während des Essens schien er sich zu bemühen, ihr jegliche Befangenheit zu nehmen. Ein paar Mal musste sie sogar spontan lachen. Erst als das Dessert serviert wurde, sprach er das Thema an, das den ganzen Abend über diskret im Hintergrund geblieben war.

Er nippte an seinem Kaffee und stellte dann bedächtig die Tasse ab. »Hast du über unser Projekt nachgedacht?«, fragte er.

Allison steckte den Löffel in die auf dem Teller verbliebene *Mousse au Chocolat*, damit sie ihn nicht fallen ließ. Zuvor war das Dessert köstlich cremig und kühl gewesen. Jetzt erschien es ihr plötzlich geschmacklos.

»Ja.«

»Und?«

»Es bringt alle möglichen Komplikationen mit sich, zusätzlich zu den auf der Hand liegenden.«

»Lass mich versuchen, einige Missverständlichkeiten aufzuklären.« Er schob seine Tasse beiseite und beugte sich näher zu ihr. »Zunächst möchte ich, dass du dir über die finanziellen Aspekte keine Gedanken machst. Ich werde auf jeden Fall für den Unterhalt des Kindes aufkommen, sowohl vor als auch nach der Geburt.«

»Darum würde ich dich nicht bitten.«

»Ja ja, ich weiß schon, du stolze, sture Rothaarige«, bemerkte er mit einem vernichtenden Blick. »Deshalb bestehe ich ja darauf. Aber jetzt lässt du mich erst einmal ausreden. Zweitens, wie möchtest du entbinden?«

Sie konnte es nicht glauben, dass sie sich tatsächlich an diesem Gespräch beteiligte, aber sie antwortete trotzdem.

»Natürliche Geburt, falls es nicht zu Komplikationen kommt.«

»Gut. Ich möchte dabei sein.«

Sie bekam große Augen. »Wirklich?«

Sie hatte nicht damit gerechnet, die Erfahrung der Geburt mit ihm zu teilen. Es erschien ihr gefährlich intim, wie etwas, das nur zwei zusammen erleben sollten, die sich wirklich liebten.

»Ja.« Er lächelte, sodass die weißen Zähne in seinem dunklen Gesicht blitzten. »Du glaubst wohl nicht, dass ich mich für die Geburt meines Kindes interessiere?«

»Na ja, offenbar schon.« Sie betrachtete eine Weile die Gravur des Bestecks und fragte dann leise: »Spencer, warum ...«

»Sag das noch mal.«

»Bitte?«

»Sag meinen Namen noch mal. Das war das erste Mal, dass du ihn ausgesprochen hast.«

»Ich habe ihn schon oft gesagt.«

»Nein, nicht als Allison.«

Er beobachtete ihren Mund so genau, dass sie die Lippen befeuchtete, um sie zu kühlen. Sie schienen unter seinem heißen Blick zu brennen. »Spencer, ich finde diese ganze Sache reichlich bizarr. Warum willst du das tun?«

»Würdest du mir glauben, wenn ich sagte, um dein Herz zu gewinnen?«

»Nein.«

»Das dachte ich mir. Also, dann sagen wir, ich tue es, um die Wissenschaft zu fördern.«

Bei ihrer nächsten Frage konnte sie ihn nicht ansehen. »Bist du ... Hast du ... Wäre das dein erstes Kind?«

Er nahm ihre Hand zwischen die seinen und wartete, bis sie ihn ansah.

»Ja. Mein erstes und einziges. Und ich möchte es oft sehen. Ich möchte das von vornherein klarstellen, damit es zu keinen gerichtlichen Auseinandersetzungen kommt, die mir das verwehren.«

»Natürlich nicht. Für mich wäre das Beste für das Kind immer mein größtes Anliegen. Es sollte seinen Vater kennen.«

Sie glaubte nicht daran, dass ein Mann mit Spencers Reiselust zu Hause bleiben und sich an der Erziehung eines Kindes beteiligen würde. Die Sensation des Neuen würde sich bald erschöpft haben. Wenn das Kind ihn überhaupt zu sehen bekam, dann nur selten. Eine Bedingung also, der sie leicht zustimmen konnte.

»Du hättest wahrscheinlich gern einen Jungen«, bemerkte sie. »Wäre ein Mädchen ein Problem für dich?«

»Überhaupt nicht. Eine rothaarige Tochter wäre mir sogar lieber.« Sie lächelte scheu, doch schon seine nächste Frage verschlug ihr die Sprache: »Hast du vor zu stillen?«

Sie hatte nie gewusst, dass die Ansätze ihrer Finger erotisch waren. Doch Spencers Daumen strich über diese wellige Linie, und die Bewegung ging ihr durch und durch. Oder war es sein Blick, der ihre Brüste abtastete, was sie innerlich dahinschmelzen ließ? Oder die Vorstellung, sie würde ein Kind stillen – ein dunkelhaariges, blauäugiges Kind -, und Spencer schaute dabei bewundernd zu und berührte ihre mit Milch schwere Brust, was ein wollüstiges Prickeln in ihr auslöste?

»Ich würde auf jeden Fall versuchen zu stillen«, sagte sie mit belegter Stimme.

»Gut. Einverstanden.« Spencer kniff die Augen zusammen. Er wirkte in sich gekehrt und innig, und er sah aus wie in ihrer Vorstellung – eine Miene, die besagte, er wolle der Nächste sein, der ihre Brust bekam und an ihr saugen durfte. »Wann bist du wieder fruchtbar?«

Eine absolut wissenschaftliche und notwendige Frage. Aber so unmittelbar nach ihrer Träumerei jagte sie von den Schenkeln bis zur Kehle eine heiße Empfindung durch ihren Körper, die sie nervös den Blick senken ließ. Sie, die sich tagein, tagaus mit Fruchtbarkeit und Fortpflanzung beschäftigte, fühlte sich so gehemmt wie ein altjüngferliches Mädchen.

»Ende dieser Woche«, murmelte sie heiser. »Aber es besteht ja keine Eile.«

»Ich denke, je eher, desto besser, meinst du nicht auch?«

»Vermutlich schon. Aber es kann natürlich jederzeit erfolgen, sobald ich ... äh ... die Samenprobe von dir habe.«

»Die Samenprobe?«

»Ja. Man kann sie einfrieren.«

Er drückte ein Auge zu und legte den Kopf schief.

»Ich glaube, ich verstehe nicht ganz. Was kann man einfrieren?«

Sie sah ihn an, senkte den Blick aber sofort wieder.

»Die, äh, du weißt schon. Den Samen.«

»Einfrieren!« Er lachte so laut, dass die anderen Gäste um sie herum aufmerksam wurden. Allison rutschte nervös auf ihrem Stuhl herum.

»Die schauen alle!«, flüsterte sie erregt.

Er beugte sich zu ihr und versuchte, sein Lachen zu unterdrücken. »Du redest von künstlicher Befruchtung?«

»Ja, und sprich bitte nicht so laut!«

Stattdessen lachte er wieder, laut und ungestüm.

Als sein Heiterkeitsanfall endlich nachließ, sagte er mit leisem, vertraulichem Ton: »Miss Leamon, eines müssen Sie wissen: von mir wird nichts eingefroren. Rumpelstilzchen mag sich mit einem Pelzhandschuh zufrieden geben, aber ich sicher nicht.«

Sie lief puterrot an.

»Das Kaninchen heißt Rasputin, und ich hoffe, du willst nicht, was ich denke, dass du willst!«

»Deine Theorie überprüfen.«

Nun beugte sie sich zu ihm und zischte: »Und du hattest an eine andere Art der Befruchtung gedacht?«

Er grinste breit. »Die ganz konventionelle Art, ja.«

»A-aber auf die konventionelle Art kann ich nicht!«

»Kein Problem. Wir machen es in der Position, die dir am meisten zusagt. Ich bin flexibel, ich bin bereit ...«

»Hör auf! Was ich meine, ist« – sie machte eine schneidende Handbewegung – »dass es unmöglich ist, dass wir zusammen sind!«

»Wieso?«

»Weil der einzige Grund, weshalb wir dies überhaupt besprechen, der ist, ein menschliches Wesen zu produzieren. Alles, was ich brauche, ist eine Samenprobe von dir, und dann kann ich die Befruchtung so oft probieren, bis ich schwanger bin.«

Er betrachtete sie mit einem verführerischen Blick.

»Das schließt meine Methode nicht aus. Und der Gedanke möglichst vieler Versuche kommt mir sowieso entgegen.«

Sie wollte von ihrem Stuhl aufspringen, doch er ergriff fest ihre Hand.

»Warum bist du denn so überrascht? Ich habe dir doch gestern gesagt, was ich will. Ich sagte ganz offen, dass ich mit dir ins Bett will.«

»Das hast du über Ann gesagt!«

»Verdammt, als ich das sagte, hatte ich Ann noch nicht einmal getroffen!« Jetzt war er wirklich ärgerlich. Er drückte ihre Finger zusammen, und sein Mund war zu einer dünnen, harten Linie geworden.

»Ich will aber nicht mit dir ins Bett – aus keinem Grund.«

»Es wird dich überraschen, wie weit ich gehe, um zu bekommen, was ich will«, entgegnete er und bedeutete dem Kellner, die Rechnung zu bringen. »Denk darüber nach. Nimm dir Zeit. Ich lasse dich in Ruhe, bis wir bei deiner Wohnung sind.«

Sie fuhren schweigend nach Hause.

Nur einmal fragte er: »Denkst du darüber nach?«

»Ja. Sei still.«

An ihrer Tür angekommen, seufzte sie schwer und blickte ihm in die Augen.

»Also gut. Ich will dieses Baby. Es wird für meine Arbeit und für mein Leben von großer Bedeutung sein. Da keine anderen Männer mit deiner Qualifikation zur Verfügung stehen, du aber bereit bist, erkläre ich mich einverstanden, dich als Vater zu akzeptieren.«

»Zu meinen Bedingungen?« Seine Stimme liebkoste sie so vielsagend wie seine Lippen ihr Ohrläppchen.

Sie schluckte. »Ja. Zu deinen Bedingungen. Auch wenn ich denke, dass du ein skrupelloser Erpresser bist.« Er nahm ihr Ohrläppchen zwischen die Zähne, zog vorsichtig daran und kicherte. »So sprichst du über den Vater deines Kindes?«

»Ich rufe dich gegen Ende der Woche an, wenn es an der Zeit ist«, sagte sie irritiert. Seine Zunge spielte warm und feucht an ihrem Nacken.

»Niemals.«

Sie wand sich aus seiner Umarmung heraus.

»Was soll das heißen, niemals?«

»Wir sind menschliche Wesen, und wir schaffen ein weiteres menschliches Wesen. Wir sind keine Versuchstiere, die darauf gedrillt sind, Leistung zu bringen, wenn die Zeit dazu gekommen ist. Obwohl ich nichts dagegen hätte, wenn du diesen Pelzhandschuh mitbringen würdest.«

»Wohin mitbringen?« – »Wir fahren nach Hilton Head und gehen zusammen auf mein Boot, allein.«

Einmal mehr hatte er ihr den Boden unter den Füßen weggezogen. »Aber ich kann nicht einfach zusammenpacken und mit dir wegfahren!«

»Ich bin sicher, ein Anruf bei Dr. Hyden wird alles regeln. Überlass das mir. Du bist einfach morgen Mittag fertig. Die Fahrt dauert einige Stunden, und die beste Ankunftszeit ist der Sonnenuntergang.«

»Aber ...«

»Nimm keine Tabellen oder Thermometer oder sonst etwas Klinisches mit. Wir ziehen uns einfach auf die Yacht zurück und tun, was uns gefällt, wenn naturgemäß die Zeit dafür kommt.«

»Wer ist hier der Wissenschaftler, ich oder du?«

»Du brauchst auch nicht eine Menge Klamotten einzupacken. Die sind überflüssig. Und jetzt machen wir mal eine erste Übung.«

»Eine erste Übung?«

Er nahm ihr Gesicht zwischen die Hände und küsste sie. Zuerst auf eine Schläfe, dann arbeiteten sich seine Lippen sanft über ihre Stirn voran, erreichten ihre Lider, ihre Wangenknochen. Sogar auf ihrer Nase platzierte er lustige, rasche Küsse. Er küsste ihr Kinn. Und schließlich ihren Mund.

Besitzergreifend öffneten sich seine Lippen über den ihren, und sie dachte nicht daran, sie geschlossen zu lassen. Seine Zunge strich ihre Unterlippe entlang, testend und schmeckend.

»Spencer!«, rief sie leise.

»Hm?«

»Das kitzelt!«

Er lachte leichte Atemstöße an ihren Mund. »Tatsächlich?«

Er leckte über die glatte Innenseite ihrer Lippen. Fuhr mit der Zunge an ihren Zähnen entlang, schob sie endlich tief in ihren Mund.

Seine Arme umschlossen sie fest. Er schmiegte sich an sie, konnte ihr nicht nahe genug kommen. Sie wusste nicht, was sie mit ihren Händen anfangen sollte, deshalb legte sie sie vorsichtig auf seine Schultern.

»Ich möchte dich heute Abend berühren«, murmelte er mit belegter Stimme, während eine Hand zwischen ihre Körper drängte und begann, ihr Kleid aufzuknöpfen.

Ich sollte das beenden!, schrie ihre innere Stimme, doch ihr Körper wollte nicht darauf hören.

Ihre Brüste sehnten sich nach seiner Berührung. Es war verrückt – aber sie war es leid, immer vernünftig zu sein.

Als er alle Knöpfe geöffnet hatte, schlüpfte seine Hand in ihr Oberteil, legte sich auf eine Brust und massierte sie sanft.

»Oh, du fühlst dich so gut an!«, flüsterte er. »Weich und voll, perfekt. Ich kann es nicht erwarten, dich zu sehen, dich hier zu küssen.«

Er nahm sich wieder ihren Mund vor, liebkoste ihn mit der Zunge, streichelte dabei mit dem Daumen zuerst die eine, dann die andere Brustwarze, bis sie aufgerichtet waren.

Ein fast schmerzliches Begehren loderte in ihr, das sie nie gekannt hatte. Warum hatte sie sich das so lange versagt? Warum hatte sie sich vorgegaukelt, Sexualität sei etwas rein Instinktives und Physisches? Nein, das war es nicht. Ihre Seele sehnte sich ebenso sehr nach Erfüllung wie ihr Körper sie verlangte.

Als Spencers Hand über ihr Unterkleid und an ihren Rippen nach unten über ihren Bauch und zwischen ihre Beine glitt, stieß sei einen erstickten Schrei aus und klammerte sich verschämt an ihn.

»Ich weiß, ich weiß«, flüsterte er ihr leidenschaftlich, mit heißem Atem, ins Ohr, nahm seine Hand weg und legte sie unter ihr Kinn. »Ich möchte so sehr mit dir schlafen, dass ich es kaum aushalte, aber ich möchte auch, dass beim ersten Mal alles perfekt ist.«

Langsam ließ er von ihr ab. Ihre Wangen waren fiebrig heiß vor Erregung und Scham. Schon beim ersten Mal, als sie ihn sah, hatte dieser Mann eine seltsame Macht über sie ausgeübt. Wenn sie mit ihm zusammen war, erkannte sie sich selbst nicht wieder.

Er knöpfte ihr Kleid wieder zu und schob ihr Kinn mit dem Finger nach oben. »Alles in Ordnung?«

»Ich glaube schon«, sagte sie mit einem zittrigen Lächeln.

»Bist du morgen Mittag bereit zur Abfahrt?«

»Ja.«

Allison betrat ihre Wohnung, schaltete das Licht an, ließ die Handtasche auf das Bett fallen und ging zum Spiegel am Kleiderschrank. Sie betrachtete sich minutenlang. Ihre Augen waren hell und leuchtend, ihr Blick klar und unverwandt, und er sagte ihr etwas, das sie nicht mehr ignorieren konnte.

Morgen würde sie mit ihm wegfahren. Und zwar nicht deshalb, weil es an der Zeit war, alle Vorsicht hinter sich zu lassen und eine Affäre zu haben. Auch nicht für die Wissenschaft. Und nicht einmal, um ein Kind zu bekommen, das ihrem Leben einen Sinn geben sollte.

Sondern weil sie Spencer Raft liebte.

7

Sich ihre Liebe zu ihm einzugestehen, war nichts, das sie auf die leichte Schulter nahm. Wie viele andere Frauen waren seinem Charme schon erlegen? Ohne Zweifel hatte er eine ganze Reihe gebrochener Herzen hinterlassen, die sich um die ganze Welt zog. Allison würde nur ein weiteres Glied davon sein.

Er liebte sie sicherlich nicht, aber er begehrte sie. Aus irgendeinem unerfindlichen Grund fand er sie attraktiv und bemühte sich um sie. Lag es an der Welterfahrenheit, die ihr fehlte? Vielleicht hatte das für ihn tatsächlich den Reiz von etwas Neuem und Begehrenswertem.

Sie wollte sich mit offenen Augen in diese Affäre begeben und sich über seine Gefühle für sie nichts vormachen. Er war ein Abenteurer und Schürzenjäger und würde bald aus ihrem Leben verschwinden. Falls sie schwanger wurde, würde sie ihn in Abständen wiedersehen, wenn er das Kind besuchte. Niemals würde sie sich zum Klotz an seinem Bein machen. Aber sie besäße immer einen lebendigen Teil von ihm – das Kind.

Und wenn sie keines bekam, dann würde sie wenigstens eine Erinnerung haben, mit der sie die Einsamkeit ihres Lebens ausfüllen und die trüben Stunden etwas aufhellen konnte. Allison Leamon brauchte Erinnerungen an eine Zeit ihres Lebens, in der sie die Liebe und Zuneigung eines Mannes erfahren hatte. Sie brauchte sie sehr dringend.

Deshalb fuhr sie nach Hilton Head, ohne zu zaudern.

Falls sie es später bedauerte, würde sie damit schon irgendwie fertig werden.

Das Telefon weckte sie früh. »Hallo.«

»Ich kann es nicht glauben! Ich kann es einfach nicht glauben!«

Sie schüttelte erst einmal den Kopf, um klarer zu werden, und setzte sich auf. »Hallo Ann. Was kannst du nicht glauben?«

»Dass du mit Spencer nach Hilton Head fährst.«

»Er hat wohl nicht lange damit gewartet, mit seiner Eroberung anzugeben, was?«

»Nun werde nicht gleich so abwehrend. Er hat angerufen, um Davis zu sagen, dass er heute abreist. Davis wollte unbedingt wissen, warum, und als er es uns sagte, konnten wir es einfach nicht glauben.«

»Das hast du bereits gesagt. Du tust meinem überaus nervösen Ego schrecklich gut, Ann.«

War es denn so unerhört, dass Spencer sie einlud, mit ihm ein paar Tage auf seiner Yacht zu verbringen? Von dem Baby hatte er ihnen doch sicher nichts erzählt.

»Interpretierst du schon wieder etwas in eine harmlose Bemerkung hinein. Ich kann glauben, dass Spencer dich gefragt hat, aber nicht, dass du zugesagt hast.«

Sie seufzte dankbar und erleichtert. Er war also Gentleman genug gewesen, ihnen den wahren Grund, weshalb sie mitfuhr, zu verschweigen.

»Ich denke, es wird schön, einmal ein paar Tage wegzukommen. Ich war noch nie in Hilton Head, und …«

»Allison, das interessiert mich nicht sonderlich. Mich interessieren die ganzen unanständigen Details deiner stürmischen Romanze.«

»Es gibt keine stürmische Romanze.«

»So wie Spencer davon redet, sehr wohl. Als er endlich seine Zurückhaltung aufgab und Davis erzählte, dass du mit ihm fährst, konnte er gar nicht mehr aufhören, davon zu schwärmen, wie schön du bist und wie es ihn gleich bei eurer ersten Begegnung umgehauen hat. Übrigens, erinnere mich daran, dass ich später noch richtig sauer auf dich werde, weil du mir von all dem nichts erzählt hast, als es passierte. Ich habe die ganze Aufregung verpasst. Jedenfalls ...« – sie atmete tief durch – »ich muss mich jetzt beeilen ...«

»Ich auch, Annie. Ich muss heute Morgen noch tausend Dinge erledigen. Wie spät ist es? Oh Gott, schon nach neun! Tschüss, Ann. Ich rufe dich ...«

»Einen Moment noch. Du duschst dich und ziehst dich an. Gegen zehn komme ich und gehe mit dir einkaufen. Dann kommen wir gerade rechtzeitig in die Geschäfte, wenn sie aufmachen.«

»Einkaufen? Was denn?«

»Klamotten, die für eine Romanze geeignet sind. Keine Widerrede. Tschüss!«

Die nächsten Stunden waren angefüllt mit hektischen Aktivitäten und Chaos. Während sie ihren Kaffee trank, schrieb Allison auf, was sie noch tun musste, damit die Wohnung während ihrer Abwesenheit sicher war. Sie duschte, wusch sich rasch die Haare und sah dann fieberhaft ihre spärliche Garderobe nach Sachen durch, die man auf einer Yacht tragen konnte. Sie fand jedoch nichts, und so kam ihr Anns Idee mit dem Einkaufen allmählich in der Tat wie eine göttliche Eingebung vor.

Sie suchten die schicksten Boutiquen der Stadt auf. Anderthalb Stunden lang trieb Ann Verkäuferinnen fast in den Wahnsinn, doch am Ende hatte Allison drei neue Hosen mit passenden Oberteilen, zwei tolle Sommerkleider, drei luftige Nachthemden, vier neue Badeanzüge und ein halbes Dutzend Shorts und Tops. Was

Allison aus Zeitmangel nicht anprobieren konnte, zog Ann für sie an, wobei sie allerdings ihren neuen vergrößerten Busen berücksichtigen musste.

In der Kosmetikabteilung eines Kaufhauses ließen sie sich einen Schnellkurs im Schminken geben; die geplagte Kosmetikerin brach wahrscheinlich mit nervöser Erschöpfung zusammen, sobald sie weg waren. Sie kauften Parfum – eine leichte, blumige, junge Duftnote, die nach Aussage der Verkäuferin »hundertprozentig passte«.

Sie kamen nur Minuten vor Spencer in Allisons Apartment an. Ann entfernte rasch die Preisschilder und packte die Einkäufe dann in einen Koffer. Allison zog etwas von den neuen Sachen an, eine weite, beige Baumwollhose und dazu ein bauschiges Oberteil, das über Schultern und Schenkel fiel und nur durch einen grünen Netzgürtel in der Taille Form bekam.

»Dieses scheußliche alte Hemd von Daddy nimmst du doch nicht mit, oder?«

»Nein. Nur die sündigen dünnen Fummel, die du als Negligés bezeichnest.«

»Gut. Hast du das ganze neue Make-up eingepackt, Allison?«

»Ja.«

»Schwörst du es? Wenn du nach Hilton Head kommst und aussiehst wie eine Vogelscheuche, werde ich nie wieder mit dir reden.«

»Ich hab's eingepackt, ich hab's eingepackt, und – oh Gott!«, stieß sie hervor und verschränkte die Hände vor der Brust, als es klingelte. »Das ist er!«

»Geh an die Tür. Ich mache den Koffer zu«, erbot sich Ann.

Bevor sie öffnete, schöpfte Allison erst noch einen Moment lang Atem. Gegen ihr pochendes Herz konnte sie nichts tun. Es war erstaunlich, wie sie als pragmatische Frau sich von Anns romantischem Enthusiasmus hatte anstecken lassen. Sie glaubte fast schon selbst, dass dieser Ausflug einem Durchbrennen oder dem Start in die Flitterwochen gleichkam. Und Spencer zerstreute diese Stimmung nicht, als sie ihm öffnete. Seine blauen Augen rissen ihr das neue Outfit quasi herunter und verschlangen sie bei lebendigem Leib.

Er ging hinein, blieb jedoch unsicher stehen, als Ann durch die Schlafzimmertür kam. Mit offenem Haar und Make-up war Allison von ihrer Zwillingsschwester nicht zu unterscheiden. Spencers Blick sprang mehrmals zwischen den beiden Frauen hin und her, ehe er Allison lächelnd umarmte und leidenschaftlich küsste.

»Fertig?«, fragte er, als er sie endlich losließ.

Ann stemmte mit kämpferischem Blick die Fäuste in die Hüften.

»Wie kannst du uns unterscheiden, obwohl Davis voll auf den Rollentausch hereingefallen ist?«

Ihre Schwester und Spencer lachten über sie, Allison allerdings nur halbherzig. Sein Kuss hatte sie schon wieder überwältigt. Sie hatte nicht gewusst, dass eine Zunge so beweglich sein konnte.

»Ich habe Dr. Hyden angerufen.«

Sie hoffte, dass ihre Stimme nicht so aufgewühlt klang, wie sie sich durch seinen Kuss fühlte.

»Ich weiß. Er hat mir gesagt, dass ihr miteinander gesprochen habt.«

»Du hast ihn auch angerufen?«

»Ich wollte dir keine Chance lassen, noch einen Rückzieher zu machen.«

»Das hätte ich sowieso nicht zugelassen«, schaltete sich Ann ein. »Ihr Gepäck ist fertig.«

Sie nickte Richtung Schlafzimmer.

Wenige Minuten später winkte Ann ihnen nach einer kurzen Umarmung und einem in Allisons Ohr geflüsterten »Sag zu nichts nein!« Lebwohl.

Allison saß nervös in einem Wagen neben einem Mann, den sie erst ein paar Tage zuvor kennengelernt hatte, auf dem Weg zu seiner hochseetauglichen Yacht, in der sie beide allein sein und nur eines im Sinn haben würden ... sich zu lieben.

»Mir gefällt, was du anhast«, sagte er leichthin.

»Danke.«

»Ist es neu?«

»Ja.«

»Deine Haare sind schön heute.«

»Danke.«

»Ist die Klimaanlage zu kalt eingestellt?«

»Nein.«

»Bekomme ich während unseres gesamten Aufenthalts nur einsilbige Antworten?«

Sie bemerkte seine sarkastische Miene und lachte befangen. »Tut mir leid.«

»Toll. Wir machen Fortschritte. Das waren schon drei Worte.« Er legte eine Hand auf ihren Schenkel.

»Willst du die ganze Fahrt über da drüben sitzen bleiben?«

»Wo soll ich denn sonst sitzen?«

Er zog sie leicht an ihrem Schenkel in seine Richtung, um ihr zu bedeuten, was er meinte – sie hatte es jedoch ohnehin schon begriffen. Sie rutschte so dicht an ihn heran, dass sich ihre Schenkel berührten. Dann legte er einen Arm um sie, ließ die Hand in ihren weiten Ausschnitt gleiten und liebkoste ihre Schulter.

»Tu mir einen Gefallen«, sagte er.

»Welchen?«

»Leg deine Hand auf meinen Schenkel.«

Sie hatte etwas erwartet wie »Schau auf die Landkarte«, »Schalte das Radio ein« oder »Verriegle deine Tür«. Sie hatte so ziemlich alles erwartet, nur nicht »Leg deine Hand auf meinen Schenkel«! Und da sie keine kluge Erwiderung parat hatte, fügte sie sich einfach.

Er trug eine teure Sommerhose in einem blaugrauen Farbton. Der Stoff fühlte sich weich an, doch die Muskeln darunter waren stahlhart. Sie war versucht, seinen Schenkel zu drücken, zu streicheln oder an seine Innenseite zu fassen. Aber sobald ihre Hand eine bequeme Stelle gefunden hatte, blieb sie dort regungslos liegen.

»Danke«, brummte er und drückte kurz die Nase an ihr Ohr.

Er begann, ihr von seiner Kindheit, seinen Eltern, seiner Freundschaft mit Davis und seiner Schulzeit zu erzählen und welche Sportarten er betrieben hatte. Seine Stimme lullte sie ein, und sie hatte sich schon fast an die harten Fingerspitzen gewöhnt, die mit ihrem Schlüsselbein spielten und ab und zu über ihre Brust glitten.

Dann fragte er plötzlich: »Weißt du eigentlich, wie das für mich ist, wenn zwischen meinen Fingerspitzen und der Spitze deiner Brust gerade mal zwanzig Zentimeter liegen?«

Sie hielt unwillkürlich den Atem an.

»Ann wollte nicht, dass ich heute einen BH anziehe.«

»Ich weiß nicht, ob ich ihr dafür danken oder sie verfluchen soll. Das ist Folter – herrliche Folter, aber eben trotzdem Folter.«

Er nahm die Hand weg. Allison registrierte es mit gemischten Gefühlen; einerseits hatte seine Liebkosung ihr gefallen, andererseits hatte sie Angst davor, dass ihr Körper davon offenbar nie genug bekommen konnte.

Noch beängstigender war, dass sie solche Zärtlichkeiten anscheinend schon jetzt als selbstverständlich hinnahm. Dies war eine vorübergehende Affäre, das durfte sie nicht einen Augenblick lang vergessen.

Mit seiner nun freien Hand ergriff er die ihre und drückte sie an seine Lippen. Er küsste ihren Handteller und malte mit der Zunge nasse Schnörkel darauf, die sie bis in die Magengrube spürte. Dann legte er die Hand – ein Stück höher – wieder auf seinen Schenkel und seine darauf.

Sie reisten unbeschwert und hielten an, wenn ihnen danach war. Einmal teilten sie eine Cola und eine Tüte Erdnüsse, ein andermal aßen sie ein Eis. Sie leckten an der Tüte, küssten sich, leckten und küssten sich wieder, bis alles durcheinander geriet. Lachend tupfte er ihr Kinn mit einer Papierserviette ab, als ein Schokoladenstückchen daran kleben geblieben war.

Sie erzählte ihm Geschichten aus Anns und ihrer Kindheit und wie sie häufig für Verwirrung gesorgt hatten, und versuchte, ihm die tiefe, beständige Beziehung zwischen ihnen zu erklären. Und sie gestand auch einige der Nachteile ein, die man als Zwilling hatte.

»Es ist, als ob man allein nicht vollständig wäre – als ob Ann einen wesentlichen Teil von mir hätte, den ich nie bekommen kann.« Sie blickte ihn scheu von der Seite an und fragte: »Klingt das verrückt?«

»Nein. Aber ich sehe bei dir keine Unzulänglichkeiten. Du bist eine unabhängige Frau; ich kann mir nichts vorstellen, das Ann hat und das dir fehlen würde.«

Um die Stimmung zu heben, flocht er Geschichten von Leuten ein, die er im Ausland kennengelernt hatte.

Aber was immer sie auch taten, er berührte sie dabei. Irgendwo, irgendwie lag immer eine Hand auf ihr. Allison dachte, dass jeder, der sie sah, sie für ein sehr verliebtes Paar hielt. Es war leicht zu erkennen, weshalb Spencer kein Problem damit hatte, überall auf der Welt Frauen zu verführen. Darin war er Experte. Er behandelte eine Frau instinktiv so, wie es ihr gefiel. Er vermittelte Allison das Gefühl, sexy, verführerisch, schön, geistreich und bezaubernd zu sein, doch in Wirklichkeit war sie es, die verzaubert wurde.

Je näher sie dem Meer kamen, desto flacher wurde das Land und desto höher die Luftfeuchtigkeit. Krauses graues Moos hing von den Ästen riesiger, alter Eichen, Blumen blühten in üppiger Pracht, Pinien reckten sich himmelwärts. Sie überquerten die Staatsgrenze von Georgia nach South Carolina, und ein paar Meilen dahinter erreichten sie die Straße, die die Insel mit dem Festland verband.

Hilton Head war nicht dem Kommerz geopfert worden. Die Bebauung entsprach strengen Bestimmungen des Landschaftsschutzes. In dieser Ferienlandschaft verband sich die Geschichte des alten Südens harmonisch mit der Küstenlage. Dichte Pinienwälder, moosbewachsene Eichen und Myrten wechselten sich mit Buchen ab.

»Es ist wunderschön«, sagte Allison aufgeregt, die von Spencer weggerutscht war, um aus dem Fenster sehen zu können. »Ich kann gar nicht glauben, dass ich hier noch nie hergekommen bin. Legst du mit deiner Yacht immer in dieser Gegend an?«

»Kommt darauf an. Wenn mich mein Geschäft in diesen Teil des Landes bringt, liege ich gern hier im Hafen.«

»Was sind das für Geschäfte?«

»Ich habe den Kühlschrank geleert, bevor ich weggefahren bin«, sagte er und bog auf den Parkplatz eines

Supermarkts ein. »Wir sollten besser einkaufen gehen.« Verstimmt, weil er ihre Frage ignoriert hatte, blieb sie im Wagen sitzen, obwohl er ihr die Tür aufhielt.

»Warum sind deine Geschäfte ein Geheimnis? Sind sie illegal?«

»Nein.«

»Also, was machst du?«

»Ich handle mit einem Produkt.«

»Mit welchem?«

»Das geht dich nichts an.«

»Was machst du mit diesem Produkt? Herstellen? Vermarkten? Was?«

»Ich hole es aus einem Land und bringe es in ein anderes«, entgegnete er geheimnisvoll.

Sie erbleichte. »Schmuggel? Du bist ein Schmuggler?«

»Hilfst du mir nun beim Einkaufen oder willst du mit dem vorlieb nehmen, was da ist?«, fragte er mit gespielter Strenge. Mit Fantasien über Schwarzmarkt-Diamanten, Drogen und Atomwaffen im Kopf stieg sie aus.

Wie versprochen erreichten sie den Yachthafen gerade, als die Sonne im Calibogue Sound am westlichen Ende der Insel versank. Es war ein traumhaft schöner Anblick. Der riesige orangefarbene Feuerball verwandelte das Wasser in eine goldene Fläche und tauchte den Himmel in Tausende von Rot- und Violetttönen.

»Habe ich dir nicht gesagt, dass der Sonnenuntergang fabelhaft ist?«, flüsterte ihr Spencer ins Ohr, als er, den Arm um ihre Schultern gelegt, mit ihr am Pier stand.

»Ja, aber es ist noch schöner, als ich dachte.«

Stumm und verzückt genossen sie den Anblick, bis die Sonne vollständig verschwunden war und der Tag in blauem Dämmerlicht versank.

»Komm«, sagte er dann, »jetzt möchte ich dir die *Double Dealer* zeigen.«

»Ist das der Name deines Boots?«

»Genau.«

»Hat er eine Bedeutung?«

»Keine, von der du etwas wissen möchtest.«

»Das habe ich befürchtet.«

Er lachte nur und rief »Ahoi!«, als sie ihr Ziel erreicht hatten.

Ein junger, vielleicht sechzehnjähriger Mann blickte von einem Deckstuhl auf. »Hallo, Mr Raft. Ich dachte nicht, dass Sie heute schon kommen würden.«

»Ja, ich bin ein paar Tage früher dran. Alles okay?«, fragte er den Jungen und half Allison an Deck.

»Alles bestens. Hallo«, begrüßte er Allison.

»Guten Abend«, erwiderte sie zurückhaltend. Der junge Mann wusste sicher, weshalb sie gekommen war, und das verursachte ihr ein ungutes Gefühl.

Spencer stellte ihn vor als Mitglied der Familie, der das neben seinem ankernde Boot gehörte.

»Ich habe Gary angeheuert, ein wenig die Augen offen zu halten, solange ich weg bin.«

»Wir können später alles regeln«, sagte der junge Mann. »Bis dann!«

Er sprang auf den Pier und ging zum Boot seiner Familie.

»Sag deinen Leuten vielen Dank dafür, dass sie dich an mich ausgeliehen haben!«

»Klar!«

Er winkte noch einmal und verschwand, und sie waren in der anbrechenden Dunkelheit allein.

Die *Double Dealer* bestand aus etwa zwanzig Metern Luxus und Komfort. Allison wusste nichts über Boote, doch dieses schien keine Annehmlichkeit eines gemütlichen Zuhauses vermissen zu lassen. Die Decks waren makellos sauber. Die weiße Farbe wies nicht einen Kratzer auf, das Holz war gut lackiert, und die Messinginstrumente glänzten.

Das Ruderhaus war mit allen erdenklichen Navigationsinstrumenten ausgestattet und sah komplizierter aus als das Cockpit eines Jumbojets. Die Kombüse stand einer modernen Küche in nichts nach. Die meerblau gestrichene Kajüte wurde auf drei Seiten von einem weißen Ledersofa umrahmt, und sie enthielt eine Stereo- und eine Videoanlage sowie eine Bar. Die Schlafkoje war riesig und extravagant möbliert mit weißen Wildledersesseln, schwarz lackierten Kommoden und einem Doppelbett unter dem breiten Bugfenster. Das daran anschließende Bad hatte zwar keine Wanne, aber die Dusche und die restliche Ausstattung machten das mehr als wett.

»Gefällt es dir?«, fragte er mit dem Mund dicht an ihrem Ohr, als sie in das Schlafzimmer blickte. Es erinnerte an einen orientalischen Freudentempel.

»Ja«, murmelte sie mit belegter Stimme. Dann raffte sie sich auf und wandte sich ihm mit einem nervösen Lächeln zu. »Sehr.«

»Gut. Mach es dir bequem. Ich brauche ein Weilchen, bis ich den Wagen entladen habe.«

»Soll ich dir helfen?«

Er gab ihr einen raschen, aber deftigen Kuss. »Nein. Du ruhst dich besser aus. Das wird dir später guttun.«

Mit dieser vielsagenden Warnung und einem Klaps auf ihren Hintern ließ er sie allein. Als Erstes brachte er die Tüten mit den Lebensmitteln an Bord. Allison verstaute sie, während er die Koffer holte.

Nachdem er ihr Gepäck im Schlafzimmer abgestellt hatte, streifte er flüchtig ihre Lippen mit seinen.

Sie verstaute ihre Sachen in den leeren Schubladen, die er ihr gezeigt hatte, und er kam inzwischen mit zwei Gläsern Weißwein zurück.

»Ich dachte, wir trinken erst einmal auf einen guten Start.«

Allison lachte. »Ich muss gerade an unseren letzten Toast denken. Da konnte ich mein Glas kaum erkennen, und dich überhaupt nicht.«

»Als du mich das erste Mal klar gesehen hast, warst du enttäuscht?«

»Scharf auf ein Kompliment?«

»Ja.«

Ihr Lächeln verschwand langsam, und sie begann, ernst seine von Wind und Wetter gegerbten Gesichtszüge zu studieren. Diese geheimnisvollen, von den kräftigen Brauen überschatteten und von Lachfalten umrahmten Augen faszinierten sie jedes Mal. Ihr tiefes Blau war einfach atemberaubend, aber noch aufregender war die Kraft und Vitalität, die aus ihnen strahlte. Diese Augen zeugten von der lebenssprühenden Persönlichkeit dieses Mannes.

Um den schön geformten Kopf lag das Haar in wüster Unordnung, vom Seewind zerzaust. Das halb offene Hemd zeigte seine braun gebrannte, muskelbepackte und von dunklen, geringelten Haaren bedeckte Brust.

»Nein, ich war nicht enttäuscht«, gestand sie leise.

Ein kurzes Grinsen erschien auf seinem Gesicht, dann stieß er mit ihr an.

»Auf uns. Und den Erfolg dieser Reise.«

Sie nippte und betrachtete ihn über den Rand ihrer Brille hinweg. Nach einem Schluck von dem kalten, erfrischenden Wein stellte er beide Gläser ab.

Er streichelte sie unter ihrem Haar am Nacken.

»Ich sehne mich schon den ganzen Tag nach dir.«

Zentimeter für Zentimeter zog er sie langsam zu sich. »Ich kann einfach nicht mehr länger warten.«

Er beugte sich zu ihr und fand ihre Lippen geöffnet, seinen Kuss erwartend. Während ein Daumen zärtlich ihr Kinn streichelte, erforschte seine Zunge langsam ihren Mund, bog und wand sich wundersam, löste in jedem ihrer Körperteile herrliche Reaktionen aus und entlockte ihrer Kehle ein leises Stöhnen.

Für einen Moment zog er sich zurück und knabberte an ihren Lippen. Dann schweifte seine Zunge wieder aus; ihre wachsende Wildheit erregte Allison zusehends. Er legte die Arme um sie; stählernen Bändern gleich drückten sie Allison an ihn, pressten ihre Körper aneinander wie zwei Teile eines Puzzles, drängten seine Männlichkeit in die Wölbung ihrer Weiblichkeit. Seine Hände glitten auf ihren Po, drückten ihn, hoben ihn an, massierten.

Dann legte er die Hände an ihre Hüften und erforschte sie mit langsamen, drehenden Bewegungen der Daumen. Seine Berührung durchflutete ihren Unterleib mit einer Wärme, die sich wie süßer Honig in ihrem ganzen Körper ausbreitete.

»Spencer«, keuchte sie leise.

Einen Herzschlag später hatte er sie von ihrem Gürtel befreit und legte sie auf das Bett. Er riss sein Hemd auf. Sie erhaschte nur einen kurzen Blick auf seine Brust, dann senkte er sich zu einem glühenden Kuss auf sie, der ihre ganze Aufmerksamkeit beanspruchte.

Er ließ eine Hand unter ihr Oberteil gleiten, und seine Finger stahlen sich mit peinigender Muße über die Rippen hoch bis zur Unterseite ihres Busens. Sie bäumte sich auf und rief mit einem hilflosen Stöhnen leise seinen Namen. Erst dann legte sich seine Hand über ihre Brust. Er bewegte sie in enger werdenden

Kreisen, bis er spürte, dass die Spitze steif wurde, dann ergriff er die winzige Knospe mit den Fingerspitzen und erregte sie noch mehr.

»Oh mein Gott«, stöhnte Allison, als seine rauen Finger ihre Lust weiter anfachten.

Spencer setzte sich auf, schob den Saum ihres Oberteils über ihre Brüste und hielt kurz den Atem an.

»Du bist wunderschön«, sagte er.

Er streifte ihr das Oberteil über den Kopf. Dann ergriff er mit einer Faust ihre Handgelenke und hielt ihr die Arme hinter den Kopf, um einen uneingeschränkten Blick auf sie zu genießen.

Ihre Brüste waren voll und rund und von einem zarten Rosa gekrönt. Durch seine Zärtlichkeiten waren die Brustwarzen aufgerichtet, als würden sie sich nach seiner Berührung sehnen. Sie zitterten vor Begehren.

»So lange will ich dich schon schmecken.«

Er senkte den Kopf über sie. Allison konnte nicht glauben, wie ihr geschah; sie hatte das Kinn an die Brust gezogen und hob den Kopf gerade rechtzeitig, um zu sehen, wie sich seine Lippen um ihre Brustwarze legten. Die erste Berührung seiner Zunge war wie ein elektrischer Schock, der durch sie fuhr. Mit einem durchdringenden Schrei warf sie den Kopf auf das Bett zurück und biss sich auf die Unterlippe, um nicht noch einmal zu schreien. Ihre Hüften hoben und senkten sich von selbst, während Spencers Mund sein Wunder vollbrachte.

Sie hob den Kopf wieder an und beobachtete, wie seine Zunge im Wechsel um die straffen Spitzen ihrer Brüste tanzte, rasch vorstieß, sich langsam um sie rollte, heftig leckte. Dann, als sie feucht glänzten, zog er an ihnen mit knabbernden Lippenbewegungen.

»Liebling«, flüsterte er, als er bemerkte, wie sie ihn beobachtete. »Du bist wundervoll.«

Er legte sich wieder auf sie, presste die nackte Brust an ihre. Seine Lippen waren heiß, seine Zunge drang wollüstig in ihren Mund ein.

Er rollte mit ihr auf die Seite und zwängte ein Knie zwischen ihre Schenkel, küsste sie ausgelassen wieder und wieder, bis sie beide außer Atem waren. Dann legte er ihre eine Hand auf sein Herz. Seine Brustbehaarung fühlte sich weich wie Seide an. Wie schön es war, jeden Schlag seines Herzens in ihrer Hand zu spüren ...

»Mein Herz hämmert«, murmelte er mit belegter Stimme. »Da siehst du, was du hier mit mir machst, und« – er bewegte ihre Hand zum Reißverschluss seiner Hose – »hier.«

Plötzlich war es nicht mehr Verlangen, was sie durchströmte, sondern Panik. Panik, die sie ebenso leidenschaftlich fühlte wie zuvor das Verlangen. Eisig jagte dieses Gefühl durch ihren Körper, erzeugte einen unangenehmen Geschmack in ihrer Kehle.

Er war riesig, hart und so gefährlich, erschreckend männlich, dass sie ihre Hand abrupt zurückzog und von ihm abrückte. Sie rollte auf die andere Seite des Betts, setzte sich auf die Kante und versuchte vergeblich, ihre Fassung wiederzugewinnen, griff nach ihrer Bluse, um ihre Brust zu bedecken.

Lange, stille Augenblicke füllte nur ihr und Spencers heftiges Atmen den dunklen Raum. Sie bewegten sich nicht. Allison hielt den Kopf gesenkt, die Augen geschlossen.

Schließlich fragte er: »Allison, würde es dir etwas ausmachen, mir zu sagen, was nicht stimmt?«

Nicht stimmt, nicht stimmt, nicht stimmt, hallte es in ihrem Kopf wider. Immer wenn eine Frau Nein sagte, wurde gleich angenommen, dass mit ihr etwas nicht stimmte! Aber nun, in diesem Fall, war es nicht so?

»Ich habe versucht, dir zu sagen, dass ich in diesen Dingen nicht bewandert bin!«, brauste sie auf, ihm den Rücken zukehrend, der unbedeckt war, nackt, schutzlos seinem Blick ausgeliefert, der sie durchdrang. »Aber du wolltest ja nicht zuhören!«

»Ich dachte, du wärst sehr gut in dieser Beziehung«, bemerkte er mit einer Kühle, die ihre Qual noch verstärkte, anstatt sie zu lindern. »War ich zu schnell? Habe ich dich verletzt?«

»Ich will darüber nicht reden!«

»Aber ich schon, verdammt!«, rief er.

Sie warf ihm über die Schulter einen giftigen Blick zu. »Falls dein Ego angeknackst ist, kann ich dich beruhigen. Ich habe nicht deinetwegen unterbrochen, sondern meinetwegen.«

»Was ist mit dir? Wolltest du mich nicht anfassen?«

Sie schluckte. »Nein.«

Nach einem kurzen Schweigen sagte er: »Ich verstehe. Kannst du mir sagen warum?«

»Nein.«

»Empfindest du eine Abneigung gegen mich?«

Angst ja, Abneigung nein. »Nein.«

»Meine Erregung war doch sicher offenkundig. Mich zu berühren, kann dich eigentlich nicht schockiert haben.«

»Hat es aber!« Die Worte waren herausgeplatzt, ehe sie es verhindern konnte.

»Das verstehe ich nicht. Du weißt doch, wie sich ein sexuell erregter Mann anfühlt.«

Sie sprang auf wie von einer Tarantel gestochen und fixierte ihn.

»In der Theorie weiß ich Bescheid. Ich weiß alles über die Technik. Aber über die Ausführung weiß ich nichts!«

Sie hatte es gesagt! Allison sah seine verblüffte Miene nur eine Sekunde lang, dann wandte sie sich wieder von ihm ab und streifte ihr Oberteil über.

Sie hörte, wie er sich auf dem Bett bewegte. »Du bist noch Jungfrau?«

»Du brauchst es nicht gleich so zu sagen, als ob es eine Krankheit wäre! Ich kann dir versichern, dass es nichts Ansteckendes ist.«

Sie trat ans Fenster, atmete tief die frische Seeluft ein und versuchte, einen klaren Kopf zu bekommen. Warum war sie bloß nicht in ihrem Labor geblieben, wo sie alles unter Kontrolle hatte! Warum hatte sie sich auf etwas eingelassen, womit sie keine Erfahrung hatte, wo sie sich notgedrungen zur Idiotin machen musste?

Sie blickte starr auf den Horizont. Spencer stand auf und trat dicht hinter sie. Als er die Hände auf ihre Schultern legte, zuckte sie zusammen.

»Hey, hey, nicht schon wieder. Ich habe dir doch schon einmal gesagt, dass ich mich dir nicht aufzwingen werde.«

Er sprach leise, wie jemand, der ein verängstigtes Kind trösten wollte. Dann drehte er sie zu sich um, aber er war einfühlsam genug, ihr Gesicht an seinen Hals zu halten und sie nicht zu zwingen, ihn anzusehen.

»Es tut mir leid, Allison. Wirklich. Ich hätte einfach nie gedacht, dass du Jungfrau bist. Ich bin wie selbstverständlich davon ausgegangen, dass du schon mit einem Mann zusammen warst.«

Seine Finger kämmten sacht durch ihr Haar, und sie meinte einen zärtlichen Kuss auf ihrem Kopf zu spüren.

»Du Arme. Und ich habe mit Volldampf voraus losgelegt. Kein Wunder, dass du mich immer als aufdringlich empfunden hast und ausgewichen bist. Ab jetzt gehen wir alles langsam und gelassen an. Nach deinem Zeitplan. Okay?«

Ihre Nase schmiegte sich an die wohlige Wärme seiner behaarten Brust. Ihr Kopf war erfüllt vom Geruch seiner Haut. Sie schmeckte ihn noch auf ihren Lippen. Seine Rücksichtnahme und Zärtlichkeit empfand sie als ebenso verführerisch wie vorhin seine wilde Leidenschaft.

Tapfer begegnete sie dem Blick seiner blauen Augen.

»Ich habe Verständnis dafür, wenn du mich nach Atlanta zurückschicken willst.«

Er betrachtete ihre wirren roten Haare, ihre klaren, grünen Augen, ihren Mund, der noch von seinen Küssen geschwollen war.

»Keine Chance, Lady«, flüsterte er. »Du bleibst hier, bei mir.« Er wollte sie unbedingt küssen, doch stattdessen seufzte er tief und trat zurück. »Ich glaube, wir haben heute Abend beide keine Lust, zu kochen. Warum gehen wir nicht zum Essen aus?«

Sein Einfühlungsvermögen berührte sie. Allein auf dem Boot zu bleiben hätte womöglich zu weiteren Verlegenheiten geführt. Sie brauchten Menschen um sich, Lichter, Zerstreuung.

»Das klingt wunderbar. Ich würde gern duschen und mich umziehen.«

»Sicher. Du gehst zuerst ins Bad. Ich warte oben an Deck, bis du so weit bist.«

Nach dem Duschen zog sie einen Frotteebademantel an und rief Spencer. Als er sie sah, blieb er am Fuß der Treppe stehen.

»Ich ziehe mich in der Koje an, dann kannst du das Bad benutzen«, schlug sie rasch vor.

»Gut.« Seine Stimme klang, als ob man eine stumpfe Klinge über einen Schleifstein zog.

Sie zog eines ihrer neuen Kleider an, mit Spaghettiträgern, einem gerafften, wadenlangen Rock und in einer Farbe, die sie noch nie getragen hatte – ein helles Fuchsienrot. Ann hatte darauf bestanden, dass sie darin mit einem dazu passenden Lippenstift und Rouge blendend aussehen würde. Als sie sich im Spiegel betrachtete, war die Farbe in der Tat ihre kleinste Sorge.

Auch Spencer fiel die Farbe nicht weiter auf, als sie sich fünfzehn Minuten später an Deck trafen. Seine Haare waren noch feucht vom Duschen, und er roch nach Seife und Parfum. Sie blickte ihn besorgt an und rang unwillkürlich die Hände.

Als wären seine Augen mit einem Radar ausgestattet, fiel sein Blick sofort dahin, wo Allison es vermutet hatte.

Das Kleid war geschnitten wie ein Tanztrikot mit einem angenähten Rock. Oben saß es wie eine zweite Haut – und das war das Problem.

»Ann hat alle meine BHs wieder ausgepackt. Wahrscheinlich, als ich heute Morgen die Tür für dich geöffnet habe.«

Mit großer Anstrengung wandte er den Blick von ihren Brüsten ab und bot ihr seinen Arm. Während er ihr auf den Pier half, flüsterte er ihr ins Ohr: »Ich hoffe nur, dass du heute Abend nicht frierst.«

»Frieren?«

»Ja. Wenn sich deine Brustwarzen noch deutlicher bemerkbar machen als jetzt, dann sind alle meine guten Vorsätze, es langsam und entspannt anzugehen, zum Teufel.«

8

Während des gesamten Abendessens benahm er sich wie ein perfekter Gentleman. Allison merkte allerdings, wie schwer es ihm fiel. Sie hätte nie gedacht, dass ein so weltgewandter Mann wie Spencer nervös werden könnte, doch er war gereizt und unruhig, seine Miene gequält, und sein Blick streifte häufig ihre Brust. Wäre sie nicht von weiblichem Stolz darüber erfüllt gewesen, dass sie die Ursache für seine Pein war, er hätte Allison leid getan.

»Wie ich sehe, bist du auf Schalentiere nicht allergisch«, bemerkte er, als sie genüsslich eine Portion Shrimps und Scampi verzehrte.

Sie lachte.

»Nein. Aber rotes Fleisch mag ich nicht besonders; du kannst dir also vorstellen, wie es mir ging, als ich neulich dieses noch halbrohe Rippensteak essen musste. Und erst die *Pâté!*« Sie schauderte.

»Deshalb habe ich dich sofort gemocht. Du hast es alles mit Fassung getragen.« Er ergriff ihre Hand. »Das Einzige, was ich nicht verstanden habe, war, warum du dir solche Mühe gabst, einem Verlobten zu gefallen, den du nicht liebtest. Zumindest für mich war offensichtlich, dass du Davis nicht liebst.«

»Du bist ein intuitiver Mann.«

»Ich glaube schon. Wenn du alle meine intuitiven Gedanken über dich wüsstest, würdest du rot werden.«

Sie errötete sogar, ohne sie zu wissen.

Hand in Hand schlenderten sie durch Harbor Town,

das nach Sonnenuntergang das Amüsierzentrum der Insel war. Zahllose Restaurants und Boutiquen warteten auf zahlungskräftige Kunden; Kinder und ältere Leute, Familien und Pärchen aßen, tranken, sangen und tanzten in der milden Nachtluft.

Spencer fand zwei Sitzplätze auf der niedrigen Steinmauer am Rand des Piers. Sie genossen eine musikalische Darbietung unter der berühmten *Liberty Oak*, einer alten, ausladenden Eiche. Die Stimme des jungen Sängers war klar, und er verstand es, eine wunderbar lockere Atmosphäre zu schaffen. Sie klatschten im Takt der der Musik und amüsierten sich über altbekannte Witze.

Spencer saß dicht neben Allison, und seine Aufmerksamkeit galt ihr ebenso wie dem Konzert. Als es zu Ende war, tauchten sie in die Menge ein. Um Allison nicht zu verlieren, ließ er sie vor sich gehen und legte die Hände an ihre Hüften.

Seine Daumen drückten kraftvoll an ihre Rippen. Seine Handflächen schienen sich der Form ihrer Hüften angepasst zu haben. Allisons Kleid war am Rücken tief ausgeschnitten; sie konnte sein Hemd an ihrem Rücken spüren. Bei einer Engstelle, an der es kurzzeitig nicht mehr weiterging, wurde sie an ihn gedrückt. Ihre Wirbelsäule berührte seine Brust, weil die ersten drei Knöpfe seines Hemds offen standen.

Zum Glück konnte er ihr Gesicht nicht sehen, denn sie schloss die Augen und genoss diese zufällige Zärtlichkeit. Doch auch er blieb davon nicht unberührt. Seine Hände griffen fester um ihre Taille, und sie spürte, wie sich seine Lippen in ihrem Haar bewegten. Und dann, als hätten sie beide intensiv daran gedacht, passierte es – ihr Po schmiegte sich dicht an seinen Unterleib. Als es schließlich wieder weiterging, atmeten sie beide heftig, obwohl sie versuchten zu tun, als sei nichts gewesen.

Zurück an Bord der *Double Dealer* wurde Allison wieder scheu und verlegen.

»Möchtest du einen Schluck Wein?«, fragte er.

Sie hatte zum Essen zwei Gläser getrunken, ohne Folgen.

»Nein, ich habe für heute genug.« Sie lächelte etwas reumütig. »Ich bin bei nichts wirklich gut, nicht einmal beim Trinken.«

Er stemmte die Hände in die Hüften und blickte sie ärgerlich an.

»Du bist verdammt gut darin, dich selbst herunterzumachen.« Er drehte sich um, ging zum Bug, der auf das Meer hinaus zeigte, und kam dann wieder zu ihr zurück. »Wenn ich dich nicht bei mir haben wollte, dann wärst du nicht hier, kapiert? So, und das ist das letzte Mal, dass ich das sage. Hör auf damit, dir alles gefallen zu lassen und kleinlaut zu sein, und sag mir, was du mit dem restlichen Abend anfangen möchtest – fernsehen, ein bisschen Musik hören, Karten spielen, oder was?«

Sein Missmut steckte sie an. Wer glaubte er zu sein, dass er meinte, sie so anfahren zu können?

»Ich will ins Bett«, sagte sie abweisend. »Es war ein langer Tag.«

Sie ging an ihm vorbei, ihr leichter Rock spielte um ihre nackten Beine. Als sie die Treppe hinuntersteigen wollte, drückte er sie mit einer schnellen Bewegung fest an sich und zog ihren Kopf leicht an den Haaren nach hinten.

Der Mond spiegelte sich im tiefen Blau seiner Augen. Ein Schatten fiel auf sein Gesicht, auf dem sich langsam ein teuflisches Grinsen ausbreitete.

»Eines kannst du wirklich gut – zornig werden. Du bist aufbrausender als jede andere Frau, die ich bisher kennengelernt habe. Du bist wie ein Streichholz – jeden Augenblick bereit, Feuer zu fangen. Das müssen die roten Haare sein«, meinte er scherzhaft und befühlte eine dicke Strähne mit den Fingern.

»Aber das gefällt mir«, fuhr er fort. »Ich finde dein Temperament höllisch aufregend.«

Sein Blick wanderte gierig über ihr Gesicht, das hochmütig vorgeschobene Kinn, die trotzigen grünen Augen, ihr geschmeidiges, rotes Haar. Genüsslich streifte er weiter zu ihren Brüsten, die bei dieser Körperhaltung besonders effektvoll hervortraten.

Sein ganzer Körper ächzte vor Verlangen. Doch er vergaß sein Versprechen nicht. Wenn sie so aussah wie jetzt und er sie küsste, dann würde er sich nicht mehr bremsen können, bis er sich tief in sie vergraben hatte. Und dann würde sie ihm nicht mehr vertrauen. Er musste ihr Vertrauen gewinnen, bevor er sie körperlich besitzen konnte.

Vorsichtig ließ er sie los. Er sah etwas in ihren Augen flackern und hoffte, dass es vielleicht Enttäuschung war.

»Wenn du etwas brauchst und nicht findest, ruf mich. Ich bleibe noch eine Weile an Deck. Gute Nacht, Allison.«

»Gute Nacht.«

Am Eingang zur Kabine drehte sie sich um. Er hatte sich nicht bewegt, blickte ihr aber immer noch nach. Sie fuhr sich mit der Zunge über die Lippen, weil sie sich für ihr Verhalten schämte.

»Ich hatte einen schönen Abend, Spencer. Vielen Dank.«

Er lächelte und nickte ihr anerkennend zu. Allison

ging in die ihrer Meinung nach fast zu luxuriös ausgestattete Schlafkoje hinunter und staunte, unter der Tagesdecke Betttücher aus Satin vorzufinden. Bisher hatte sie immer nur auf Baumwolllaken geschlafen. Sie zog etwas von der Nachtwäsche an, die sie auf Anns Drängen hin gekauft hatte – ein zweiteiliges Set aus schwarzer Seide. Das Top hatte einen tiefen V-Ausschnitt und wurde von zwei dünnen Trägern gehalten, und das Höschen war so knapp, dass sie sich fragte, wozu es überhaupt nütze war.

Die Kombination aus Seide, ihrer nackten Haut und den Satin-Betttüchern war ein sinnliches Erlebnis, das sie sich nicht hätte vorstellen können. So musste sich Rasputin fühlen, wenn sie mit dem Pelzhandschuh auf ihn losging! Sie schnurrte geradezu, als sie sich träge streckte und die Empfindungen genoss, die jeden Teil ihres Wesens zu berühren schienen.

Als sie hörte, wie Spencer nach unten kam, um ins Bad zu gehen, drehte sie ihm den Rücken zu und gab vor zu schlafen. Sie hörte die Spülung und das Rinnen von Wasser im Waschbecken, und sie hörte, wie er das Licht ausschaltete, bevor er aus dem Bad kam. Sie lag völlig reglos da.

Erst als sie mitbekam, wie er sein Hemd auszog, den Reißverschluss öffnete und die Schuhe auf den Boden plumpsen ließ, öffnete sie die Augen. Und als die andere Seite des Betts sich wegen seines Gewichts senkte, drehte sie sich um und setzte sich auf.

»Was machst du?«

Er zog gerade die Decke über sich. Der Mond schien durch die Fenster, tauchte den Raum in silbriges Licht und ließ Spencers Körper wie einem erotischen Traum entstiegen erscheinen. Der mit seiner dunklen Haut kontrastierende weiße, bedrohlich knappe Slip lenkte ihre Aufmerksamkeit automatisch auf seine stattliche Männlichkeit. Seine Körperbehaarung war schon für sich ein sexuelles Stimulans. Dicht und kraus hier, fein und seidig dort, an anderen Stellen kaum mehr als eine Andeutung. Eine Frau konnte Stunden damit verbringen, diesen Körper in all seinen fesselnden Details zu studieren.

»Ich gehe ins Bett«, sagte er ruhig.

Diese Wendung der Ereignisse beunruhigte sie so sehr, dass sie nicht mehr an den tiefen Ausschnitt ihres Nachtgewandes und ihre sich frei unter der hauchdünnen Seide bewegenden Brüste dachte. Erst als Spencer die zusammengekniffenen Augen darauf lenkte, bedeckte sie sich mit einem Zipfel des als Decke dienenden Bettlakens.

»Du kannst hier nicht schlafen«, erklärte sie brüsk.

»Na dann, sieh mal her.«

Er schob seine langen Beine zwischen die Tücher, legte den Kopf auf das Kissen und seufzte zufrieden. Dann streckte er sich wie ein fauler Panther und gähnte ausgiebig.

Schließlich zog er keck eine Augenbraue hoch und fragte ganz unschuldig: »Willst du etwa im Sitzen schlafen?«

Sein Körper bewegte sich wie eine gut geölte Maschine. Allison beobachtete sprachlos und wie in Trance das Spiel seiner Muskeln, seine Spannkraft, die Anmut seiner Bewegungen. Als sie endlich wieder sprechen konnte, tat sie es mit allem Nachdruck, zu dem sie fähig war.

»Ich habe vor, gar nicht zu schlafen, zumindest nicht hier!«

Sie schleuderte das Betttuch von sich, als würde sie gerade noch rechtzeitig etwas Verführerischem und Dekadentem entfliehen, rollte sich auf die Seite des Betts und wollte aufstehen.

»Oh doch, das wirst du!« Er versuchte, sie zu fassen zu bekommen, und seine Finger krallten sich in ihrem Höschen fest.

Allison erstarrte. Sich jetzt noch zu bewegen, würde bedeuten, ihr Höschen seinem Griff zu überlassen und ...

»Lass los!«, zischte sie atemlos.

Er begann zu lachen. Am Anfang war es nicht mehr als ein tiefes Poltern in seiner Brust, doch es wurde ein richtiges, dröhnendes Lachen daraus.

»Eher friert die Hölle zu, Süße. Aber du kannst natürlich jederzeit gehen. Na los, beweg dich. Aber du traust dich ja doch nicht.«

»Du bist entsetzlich!«

»Na, na, keine Beschimpfungen.« Er zupfte verspielt an dem Höschen, und sie hielt erneut den Atem an. »Hm, sehr hübsch. Rund, glatt, weich. Wenn du nicht willst, dass ich ganze Arbeit leiste, dann schwingst du deinen süßen Hintern besser wieder in dieses Bett.«

Langsam, gedemütigt und ihren Stolz hinunterschluckend, sank sie auf das Bett zurück. Er ließ ihr Höschen los, doch noch ehe sie wieder aufspringen konnte, schlang er einen Arm um sie und zog sie so kräftig auf seine Seite des Betts, dass sie mit einem dumpfen Geräusch gegen ihn klatschte. Ihr Oberteil verdrehte sich bei dem Handgemenge, und sie landete mit ihrem nackten Bauch auf seinem behaarten. In dieser Stellung drückte er sie mühelos auf sich, auch wenn sie sich mit beiden Armen von ihm abstemmte. Wutentbrannt blickte Allison in sein triumphierendes Gesicht.

»Der Blick von hier ist auch nicht schlecht«, meinte er amüsiert und schaute unverfroren in ihren weit vom Körper abstehenden Ausschnitt.

Sie versuchte, sich freizukämpfen.

»Du bist ein perverser Lustmolch, ein …«

»Dein Temperament wird dir noch einmal jede Menge Ärger einbringen, Rotschöpfchen«, tadelte er sie leise und schnalzte mit der Zunge.

»Lass mich aufstehen!«

Er grinste wie ein genusssüchtiger Despot.

»Hier gebe ich den Ton an. Und wenn du nicht für die Folgen deines Tuns einstehen willst, dann hörst du jetzt besser auf.«

Sie stellte sofort jede Bewegung ein und starrte mit großen, ängstlichen Augen auf ihn herab.

»Bist du jetzt bereit, dir anzuhören, was ich sagen will und was ich schon längst gesagt hätte, wenn du nicht so aufgebraust wärst?«

»Ja«, antwortete sie niedergeschlagen.

Er bluffte nicht. Sie spürte seine Männlichkeit, die gegen ihren Bauch drückte. Und auch ihr Körper war gegen diese Position nicht immun. Nackte Haut auf nackter Haut musste der größte menschliche Genuss sein. Sie spürte den lächerlichen Wunsch, sich an seine lange Gestalt zu kuscheln, seinen Körper mit ihrem zu berühren – überall, wo es möglich war.

»Also gut.«

Langsam lockerte er den Griff um ihren Rücken und ließ zu, dass sie sich von ihm herunterrollte, umschlang sie jedoch sanft mit den Armen. Allison rutschte wohlweislich mit den Beinen von ihm weg, doch darüber lächelte er nur. Ihr Atem war so unstet wie der seine. Wenn er etwas über Frauen wusste, und er wusste zweifellos einiges, dann erkannte er, dass sie nicht weniger erregt war als er. »Das ist das einzige Bett auf dem Boot«, begann er.

»Du könntest auf einem der Sofas schlafen.«

»Das könnte ich, aber ich habe dazu keine Lust.«

»Dann werde ich es tun.«

»Nein, Allison.« Er legte seine Hand an ihre Wange und sagte mit leiser, vertraulicher Stimme: »Wir sind doch hier, um eine Mission zu erfüllen, nicht wahr?«

Sie konnte den Blick nicht von seiner nackten Brust abwenden. Unter der Vortäuschung äußerster Zurückhaltung gestatteten sie beide ihren Augen, auf Wanderschaft zu gehen.

»Ja. Aber unter den gegebenen Umständen würde ich dich nicht darauf festlegen.«

»Ich will noch immer ein Baby machen. Und der einzige Weg zum Erfolg besteht darin, deine Hemmungen und Ängste zu überwinden.«

»Ich weiß nicht, ob wir das je schaffen werden.«

»Überlass das mir«, sagte er und küsste sie sanft auf die Stirn.

Allmählich ließ ihre Anspannung nach. Sie drängte nicht mehr von ihm weg. Natürlich berührten die Spitzen ihrer Brüste seinen Brustkorb und trieben ihn halb in den Wahnsinn. Er spürte auch ihren leichten Atem durch seine Brustbehaarung streichen. Doch er zügelte seine Leidenschaft.

»Das Erste, woran du dich gewöhnen musst, ist, einen Mann neben dir im Bett zu haben. Du musst dich damit vertraut machen, seinen Körper an deinem zu fühlen. Einverstanden?«

Sie schluckte. »Ich denke schon.«

»Also gut. Gib mir einen Gute-Nacht-Kuss, und dann schlafen wir.«

Sie küsste flüchtig seinen Mund. »Gute Nacht.«

»Allison«, sagte er belustigt und drehte sich auf die andere Seite.

»Hm?«

»Nennst du das einen Kuss? Küsse ich dich vielleicht so?«

Sie blickte ihn wieder an und drückte ihre heiße Wange in das Kissen. «Nein.«

»Küss mich so, wie ich dich küssen würde. Das hast du schon oft gemacht.«

»Ich weiß, aber da war es anders.«

»Wieso?«

»Weil ich nur auf dich reagiert und nicht die Initiative ergriffen habe.«

»Glaubst du nicht, dass ein Mann es gern hat, ab und zu der passive Teil zu sein?«

»Wirklich?«

»Ich jedenfalls schon.« Er legte ihre Hand auf sein Herz und kratzte leicht über den Handrücken.

»Küss mich, Allison.«

Sie blickte in sein Gesicht. Die Brauen warfen dunkle Schatten über seine Augen, doch sie glühten dennoch wie Saphire. Sie liebte die Form seiner Nase und seinen sinnlichen Mund. Das kantige, entschlossene Kinn hatte sie von Anfang an attraktiv gefunden; es wirkte unglaublich charakterstark. Die von seinen Augen ausgehenden Linien seiner Falten ließen vermuten, dass er ein geistreicher und charmanter Mensch war.

Sie betrachtete ihn lange im Gedanken daran, wie gut ihr dieses wettergegerbte Gesicht gefiel und der zerzauste, wirre Schopf dunklen Haars. Wie sehr sie diesen Mann liebte, sogar seine Arroganz und Anmaßung. Das machte es ihr leicht, ihren Mund auf den seinen zu pressen.

Er lag gefügig und reglos da. Seine Lippen blieben geschlossen. Zuerst presste sie die Lippen nur noch fester auf die seinen. Aber das war es nicht, wie er sie geküsst hatte, nicht einmal beim ersten Mal.

Wagemutig berührte sie seine Lippen mit der Zunge, zog sie jedoch rasch wieder zurück.

»Ja, Allison, ja«, stöhnte er und spreizte eine Hand über ihren Rücken.

Sobald ihre Zunge wieder vordrängte, öffnete er die Lippen, und sie glitt in die feuchte Wärme seines Mundes. Allison stöhnte leise, als ihre Zungenspitze die seine berührte. Ohne darüber nachzudenken, legte sie sich langsam, Zentimeter für Zentimeter, auf ihn, den Kopf über seinen gebeugt. Ihre Haare bildeten einen Vorhang, hinter dem ihre Gesichter verschwanden. Seine freie Hand ergriff ein paar ihrer seidigen Strähnen.

Sie vergrub die Finger in seinen Haaren und hielt seinen Kopf fest, während ihr Mund einen lange ertragenen Hunger stillte. Ihre Zunge drückte gegen die seine, und er antwortete. Mit jeder Sekunde wurde ihr Kuss ungestümer, sie verloren sich in einem Strudel der Leidenschaft.

Ihre Schenkel öffneten sich über den seinen. Als er seine Zunge tief in ihren Mund schickte, schob sie im Reflex die Hüften nach vorn.

Mit einem heftigen Fluch drückte Spencer sie plötzlich weg und setzte sich in derselben panischen Art auf, wie sie es getan hatte, als er ins Bett gekommen war. Er zog die Knie an, stützte die Ellbogen darauf und ließ den Kopf in die Hände sinken. Sein Brustkorb hob und senkte sich wie ein Blasebalg, so schwer musste er atmen.

Allison kauerte sich in die Kissen, nicht weniger außer Atem als er. Wie lange hatten sie sich geküsst?

Minuten? Stunden? Zeit, Raum, nichts war mehr von Bedeutung gewesen außer dem Geschmack seines Mundes, dem Gefühl seiner Hände und seinem warmen, starken Körper, der ihren so anzog.

Ein gemeinsamer Akkord war angeschlagen worden, und Allison war drauf und dran gewesen, die Kontrolle zu verlieren.

Schließlich seufzte Spencer und ließ sich auf den Rücken fallen. Er blickte zu ihr auf, ein zärtlicher Blick, und streifte eine Strähne hinter ihr Ohr.

»Habe ich etwas falsch gemacht?«, fragte sie zweifelnd.

Er lächelte traurig.

»Du warst perfekt. Zu perfekt. Verstehst du?«

Als ihr dämmerte, was er meinte, legte sie sich rasch zu ihm, wahrte jedoch ihre Distanz. »Ja, ich glaube schon.«

Er ergriff ihre Hand und drückte einen süßen Kuss darauf. »Gute Nacht, meine Liebe.«

»Gute Nacht.«

Er drehte sich zur Außenseite des Betts, weg von ihr. Sie sprachen nicht mehr und lagen reglos da, doch Allison glaubte nicht, dass er früher einschlief als sie.

Das leichte Schaukeln des Boots und die pulsierende Vibration des kraftvollen Motors weckten sie auf. Allison öffnete die Augen und rollte zur Seite. Sie war allein im Bett. Der Tag war noch jung und die Sonne dunstverhangen.

Sie trat ans Fenster und sah, wie die Küste immer kleiner wurde und in der Ferne entschwand, zog einen Morgenmantel an und ging nach einem kurzen Zwischenstopp im Bad an Deck. Spencer stand am Steuer und schaute auf den Atlantik hinaus, während der Bug der *Double Dealer* die Wellen durchpflügte. Er hatte Allison den Rücken zugewandt, und sie wollte ihn nicht stören.

Einer plötzlichen Eingebung folgend ging sie in die winzige Kombüse. Dort stand eine Kanne Kaffee bereit. Er war zu stark für ihren Geschmack, doch ein Schuss von der gestern gekauften Sahne machte ihn genießbar. Ansonsten war von einem Frühstück nichts weiter zu sehen, deshalb machte sie sich an diese Aufgabe.

Während der Speck in der Pfanne brutzelte, ging sie noch einmal in die Schlafkoje, zog sich Shorts und ein passendes Oberteil an und band die Haare mit einem bunten Tuch zu einem Pferdeschwanz zusammen. Barfuß ging sie dann wieder in die Kombüse zurück, damit der Speck nicht anbrannte.

Eine Viertelstunde später rief sie nach oben: »Hat der Kapitän dieses Potts schon sein Frühstück gehabt?«

Spencer drehte sich zu ihr um, und als er sie sah, leuchteten seine Augen auf, dass ihr Herz einen Purzelbaum schlug. »Nein, Maat!«

»Will er eines?«

Als Antwort drosselte er die Maschine und folgte Allison in die Kombüse. Der Tisch war gedeckt – Rührei, knuspriger Schinken, getoastete süße Brötchen, Marmelade und Stücke einer Honigmelone standen bereit.

»Ist das für mich?«

»Sind Sie der Käpt'n?«

»Ay, ay.«

»Dann ist es für Sie.«

Der Käpt'n bot seinem Ersten Maat einen Stuhl an und machte sich dann mit Begeisterung über das Frühstück her.

»Das ist fantastisch. Wirklich. Warum hast du mir nicht gesagt, dass du kochen kannst?« – »Du hast mich nicht gefragt.« – »Das war mir egal.« – »Du hast mich auch nicht gefragt, ob ich lieben kann.«

Sein Kopf schnellte hoch, er schluckte.

»Das war mir egal.« Er ergriff über den Tisch hinweg ihre Hand. »Auf eine ganz altmodische Art bin ich ehrlich gesagt sogar froh, dass du noch nicht mit einem anderen Mann zusammen warst. Das lässt mir die Ehre, der Erste zu sein.«

Es war ein sehr gefühlvoller Moment. Immerhin sagte er, dass er ihre Unbeholfenheit und ihren Mangel an Erfahrung liebenswert fand. Wieder ein Grund, sich in ihn zu verlieben.

Sie vermehrten sich wirklich alarmierend rasch, diese Gründe.

»Wohin fahren wir?«, fragte sie.

Im Grunde genommen erschien es ihr vollkommen gleichgültig, wenn sie nur bei ihm bleiben konnte.

»Wir fahren nur ein paar Stunden raus. Ich wollte ein wenig mit meinen Seemannskünsten protzen.«

»Kann ich fahren?«

»Steuern«, korrigierte er.

»Steuern. Kann ich?«

»Zuerst musst du abspülen.«

»Okay«, meinte sie und stand auf, um das Geschirr zum Spülbecken zu bringen. »Aber du musst das Bett machen.«

»Das ist Meuterei.«

»Das ist gerecht.«

»Abgemacht.«

Er gab nach, und um den Handel zu besiegeln, tätschelte er ihr mit einem liebevollen Klaps den Po.

Sie sahen kaum andere Boote, und diese auch nur aus der Ferne. Er ließ sie auf seinem Schoß sitzen, während sie steuerte. Solch ein großes Boot zu führen war ein berauschendes Gefühl, aber es kam ihr bedeutungslos vor im Vergleich zu den Empfindungen, die Spencers Hände auf ihre nackten Schenkeln und sein Knabbern an ihrer Schulter auslöste.

»Fahr nicht in etwas hinein, das größer ist als wir«, warnte er sie scherzend.

»Ich bin das nicht gewöhnt.« Sie wusste selbst nicht, ob sie von seinen Zärtlichkeiten sprach oder davon, dass sie das Boot steuerte. »Hilf mir lieber.«

Seine Arme umfassten sie von hinten, und er legte das Kinn auf ihre Schulter.

»Du machst das gut. Du musst einfach nur nett und sanft mit ihr umgehen«, flüsterte er und ließ die Daumen an der Unterseite ihrer Brüste entlanggleiten. Dann aufwärts, in einer kühneren Liebkosung. »Sie reagiert auf die kleinste Berührung.«

Als sich seine Daumen über die Brustwarzen bewegten, wurde er bestätigt.

»Redest du vom Boot?«, fragte Allison.

»Natürlich«, versicherte er ihr und ließ seine Hände abwärts, in neutraleres Terrain, wandern.

Als sie vom Steuern genug hatte, stellte er den Motor ab.

»Die See ist ruhig, und es ist ein wunderschöner Tag. Warum gehen wir nicht vor Anker und genießen den Rest des Nachmittags?«

»Klingt wunderbar.« Sie war noch nie auf einem hochseetauglichen Schiff gewesen, doch die unendliche Weite des Atlantiks brachte sie nicht aus der Fassung. Sie fühlte sich auf der *Double Dealer* absolut sicher und fragte sich, woher diese neue Unerschrockenheit kam. Sie musste ein Nebenprodukt der Liebe sein, die als ein feines Rinnsal begonnen hatte und zu einer überströmenden Quelle geworden war.

Sie zog einen ihrer neuen Bikinis an, und Spencer richtete inzwischen ein Tablett mit Aufschnitt und Käse, einem Baguette, Melonenscheiben, frischen Erdbeeren und einer Schachtel Keksen her. Dazu brachte er eine Kühlbox mit Getränken an Deck.

Als er Allison sah, die sich auf einem der Klubsessel ausstreckte und gerade Sonnenöl auftrug, ließ er die schwere Box beinahe fallen. Den bronzefarbenen Bikini konnte man kaum als solchen bezeichnen. Er bestand aus nicht mehr als ein paar Fleckchen Stoff, die mit Schnüren verbunden waren.

Sogar durch ihre große Sonnenbrille hindurch sah er ihre Befangenheit, als sie zu ihm aufschaute und seine perplexe Miene bemerkte.

»Ann sagte, ich sollte ihn kaufen.«

»Erinnere mich daran, ihr zu danken«, erwiderte er mit belegter Stimme und gaffte auf die Dreiecke, die ihre Brüste kaum verhüllten. Auch das betörende Delta zwischen ihren Schenkeln fesselte seine Aufmerksamkeit; er konnte den Blick kaum abwenden.

»Spencer, hör auf!«, rief sie und verschränkte die Arme vor der Brust. »Wenn du nicht aufhörst, mich anzustarren, als ob du mich gleich auffressen würdest, ziehe ich mich um! Das ist extrem unangenehm für mich.«

Seine Brauen hüpften auf und ab wie bei Groucho Marx, und er winkte dazu mit einer imaginären Zigarre.

»Wenn du meinst, dass dir das unbehaglich ist …«

»Kann ich bitte etwas zu trinken haben?«, fragte sie steif.

Lachend holte er eine Dose aus der Kühlbox, öffnete sie und hielt sie ihr hin – allerdings so, dass sie sich vornüberbeugen musste, um sie zu erreichen. Natürlich quollen dabei ihre Brüste aus dem winzigen Oberteil.

»Danke!«, sagte sie schroff und nahm die Dose. – »Ganz meinerseits.«

Sie warf ihm einen giftigen Blick zu und lehnte sich möglichst züchtig zurück. Doch als er sein Hemd auszog, verwandelte sich ihre Verstimmung schlagartig in Faszination. An seine nackten Beine hatte sie sich schon fast gewöhnt ... fast. Er trug schon den ganzen Morgen nur ein Hemd und blaue Badeshorts, doch ihn nur noch in dieser zu sehen, war in der Tat ein atemberaubender Anblick. Wie sie sich vorgestellt hatte, war er schlank und sehr muskulös. Die Haut an seinen Oberarmen spannte sich glatt über einen Bizeps, den sie nur zu gern gestreichelt hätte.

Sein Oberkörper war breit, mit dunklen, in der Behaarung fast verborgenen Brustwarzen, der Bauch flach und straff, die Hüften schmal. Sein Po war knackig und sexy, die Oberschenkel fest, seine Waden die eines Rennläufers.

»Möchtest du etwas zu Mittag essen?«, fragte er und ließ sich auf den Stuhl neben ihr sinken.

Damit ihr Mund nicht einfach bloß sabbernd offen stand, sagte sie: »Gern. Das sieht alles so gut aus.«

Während des Essens befragte sie ihn über die Zeit auf dem Boot. »Fühlst du dich nie einsam?«

»Doch.« Er war mit dem Essen fertig und ließ einen Finger langsam an der Innenseite ihres auf seiner Stuhllehne liegenden Arms auf und ab gleiten. »Ich habe dir schon gesagt, dass ich es müde geworden bin, ständig um die Welt zu jagen.«

Er hätte genauso gut auf dieselbe Art und Weise ihren Bauch streicheln können, denn dort spürte sie die Wirkung seines Fingers.

»Hast du auf dem Ozean schon einmal Angst gehabt? Bei einem Sturm, zum Beispiel.«

»Ein paar Mal. Aber ich bin äußerst vorsichtig und versuche immer, schlechtes Wetter zu meiden. In meinem Geschäft gibt es keinen so großen Zeitdruck, dass ich ein Treffen nicht um einige Tage verschieben könnte.«

»Welche Art von Treffen?«

»Du hast wunderschöne Brüste.«

»Du wechselst das Thema.«

»Oh nein. Du wechselst das Thema. Ich denke seit Tagen an nichts anderes.«

Sie war zu entspannt und zu glücklich, um zu protestieren. Stattdessen gähnte sie ausgiebig und streckte sich.

»Ich bin voll und schläfrig. Ich glaube, ich mache ein Nickerchen. Was machst du?«

»Hier liegenbleiben und dir zusehen.«

Sie drehte sich auf den Bauch und bettete den Kopf auf die übereinandergelegten Hände.

»Ah, die Sonne ... das fühlt sich so gut an und – was tust du da?«

»Deinen Bikini aufmachen.«

»Das weiß ich. Aber wieso?«

»Damit du keine hässlichen weißen Streifen bekommst. Das können wir doch nicht zulassen, richtig? Nicht, dass irgendetwas an diesem Rücken unansehnlich sein könnte.« Er drückte ihr einen Kuss auf die Schulter. »Außerdem muss ich etwas von diesem Zeug auftragen, sonst holst du dir einen Sonnenbrand. Und jetzt sei still und schlafe.«

»Ay, ay, Käpt'n«, erwiderte sie und gähnte noch einmal herzhaft.

Seine Hände fühlten sich herrlich an, als er das Öl auf ihrer Haut verteilte. Er wusste einfach, welche Stellen berührt werden wollten und wie viel Druck gerade richtig war. Ihr ganzer Körper wurde von Lust durchflutet, als seine Daumen in ihrem Kreuz langsame Kreisbewegungen ausführten. Während seine Finger ihre Wirbelsäule auf und ab tasteten, schlief sie ein.

Spencer lehnte sich in seinem Stuhl zurück und betrachtete die Frau neben sich. Im grellen Sonnenlicht glänzte ihr Haar strahlend schön. Es war über ihrem Kopf zu einem losen Haufen zusammengeschoben – kein fester Knoten wie im Labor, sondern ein loser, von dem aus neckische Strähnen über Nacken und Schultern fielen. Diese zerzauste, zerwühlte Frisur erschien ihm bedeutungsvoll. Sie zeigte eine Sorglosigkeit, die in schroffem Gegensatz zu Allisons steifem Alltagsleben stand. Sie ließ ihn hoffen.

Ihre Haut hatte die Farbe reifer Aprikosen, und nun war sie glatt und glänzte satt von dem Sonnenöl, das er aufgetragen hatte. Er konnte nicht umhin, sich vorzustellen, wie seine Hände sie berührten, wie sein Mund nach erogenen Stellen suchte.

Im Profil war ihre Rückseite ein Musterbeispiel für Geschmeidigkeit. Sie fiel an der Taille ab und hob sich an den Hüften. In dem flachen Tal dazwischen sammelte sich um zwei Vertiefungen weißer Pfirsichflaum. Ihre Schenkel waren lang und schlank, die Waden zarte Hügel, die, er wusste es, perfekt in seine hohle Hand passten. Er sehnte sich danach, seine Lippen auf den Rist ihres Fußes zu drücken und alle ihre Zehen zu küssen.

Eine seltsame, wunderbare Wärme verbreitete sich um sein Herz. Er begehrte sie, ja. Auf höchst fleischliche Art, ebenfalls ja. Aber er begehrte sie auch auf jede andere erdenkliche Weise. Er begehrte ihren Geist und dieses starke, heftige Temperament, ihre Intelligenz, ihre Unsicherheiten, ihre Unschuld. Er wollte ihr alles beibringen, was man in der Liebe lernen konnte, und er wollte, dass sie ihn alles lehrte, was sie so geheimnisvoll und einzigartig machte.

War er in sie verliebt, richtig verliebt?

Es konnte nicht anders sein. Seit Tagen wusste er bereits, dass es nicht ein Ende, sondern ein Anfang sein würde, wenn sie miteinander schliefen. War das Liebe? War es dies, was er sein ganzes Erwachsenenleben lang entbehrt hatte? Bis jetzt. Bis dieser Schmerz ihn gepackt hatte und nicht mehr loslassen wollte. Und die Hölle daran war, er wollte gar nicht, dass er ihn wieder losließ.

Unter ihrem Arm konnte er die Rundung ihrer Brust sehen. Er sehnte sich danach, sie zu berühren, seine Hand darunterzuschieben und sie davon ausfüllen zu lassen. Er wünschte sich, dass ihre Spitze unter der zärtlichen Berührung seiner Finger hart würde, er wollte sie küssen, daran saugen, den leisen, tiefen Lauten lauschen, die aus ihrer Kehle drangen, wenn er mit der Zunge daran spielte.

Oh Gott! Er brannte vor Sehnsucht. Es war beinahe schmerzvoll, aufzustehen, doch er rappelte sich hoch, holte die Leiter und hängte sie an der Reling ein. Dann warf er einen letzten Blick auf die Frau, die nun seine Gedanken und seinen Körper beherrschte, und sprang über Bord.

9

Später wusste sie nicht mehr, was sie aufweckte, weshalb ihr das Herz bis zum Hals schlug und das Blut in den Adern dröhnen ließ. Sie setzte sich plötzlich auf. Ihr offenes Bikinioberteil fiel auf das Deck.

Spencer lag nicht mehr neben ihr.

»Spencer?« Sie blinzelte in die blendende Sonne, stand auf und drehte sich mit suchendem Blick um die eigene Achse.

»Spencer?«, rief sie noch einmal, lauter diesmal.

Sie lief zur anderen Seite des Boots, rief mit wachsender Panik seinen Namen. Wo war er? Sie sah im Ruderhaus und in der Kombüse nach, in der Kajüte und in der Schlafkoje. Er war nicht mehr auf dem Boot!

»Spencer!«, schrie sie, als sie wieder nach oben ging, verzweifelt nach links und rechts blickend. »Spencer!«

»Hier, Allison.«

Ihr Herz raste, doch sie hörte seine Stimme über den Tumult in ihrem Kopf hinweg.

»Spencer«, flüsterte sie unendlich erleichtert, bevor sie rief: »Wo bist du?«

»Auf der Steuerbordseite. Was ist denn los?«

Sie rannte auf die rechte Seite der Yacht, sah ihn jedoch nicht. Dann wiederholte er ihren Namen, inzwischen klang er selbst besorgt.

»Allison, ist alles in Ordnung?«

Sie folgte dem Klang seiner Stimme und bemerkte jetzt erst die an der Reling befestigte Leiter, stürzte darauf zu und sah ihn die Sprossen heraufsteigen, tropfnass.

»Du warst schwimmen!«, rief sie außer sich. »Schwimmen?«

»Was dachtest du denn? Stimmt irgendetwas nicht?« Er hatte das Deck erreicht.

»Ob etwas nicht stimmt? Du hast mich zu Tode erschreckt! Ich wachte auf und wusste nicht, wo du warst. Ich war allein hier draußen, mitten auf dem Atlantischen Ozean, und ich habe keine Ahnung, wie man dieses gottverdammte Ding manövriert, nicht einmal, wie man den Motor startet! Und um Himmels willen, in diesem Wasser sind Haie und was weiß ich noch alles! Und ...«

Ihr Gesicht legte sich in Falten; sie begann zu weinen. Er schlang die kühlen, nassen Arme um sie und zog sie an sich. Sie umklammerte seine Hüften.

»Tut mir leid, dass ich dir Angst gemacht habe. Aber ich schwimme sehr oft im offenen Meer. Ich dachte nicht, dass ich dir das extra sagen muss. Ich war nie mehr als zehn Meter vom Boot entfernt. Na, geht es dir wieder besser?«

Er hob zärtlich ihren Kopf an. Wasser tropfte von seinen Haaren und fiel ihr ins Gesicht wie Regen.

»Ich komme mir vor wie ein Idiot. Ich weiß nicht, warum ich so panisch geworden bin. Ich fühlte mich einfach nur verlassen und ...« – die liebevolle und ernste Miene, mit der er sie betrachtete, verblüffte sie kurz – »verlassen und allein ohne dich«, endete sie flüsternd.

Gleichzeitig bemerkten sie, dass sie sich in den Armen lagen, nackte Brust an nackten Brüsten, bloße Schenkel, die ineinander griffen. Kleine Tropfen hafteten an seinen Brusthaaren, fielen auf die Rundungen ihres Busens und bildeten kleine Rinnsale. Sie atmeten in Übereinstimmung; Männlichkeit und Weiblichkeit ergänzten sich.

Ihre Haut hatte stundenlang die Sonne aufgenommen, die seine war eben vom Ozean gekühlt worden. Nun strömte die Wärme von ihr zu ihm; der Kontrast war köstlich.

Ihre Blicke übermittelten tausend stumme Botschaften; sie kommunizierten auf einer Ebene, die das gesprochene Wort nicht erreichen konnte. Sie befanden sich in völligem Einklang.

Wie auf ein gemeinsames Stichwort neigten sie beide den Kopf. Sie schlang die Arme um seinen Nacken, er umfasste ihre Taille. Sie stellte sich auf die Zehenspitzen, er zog sie dichter an sich.

Als ihre Lippen aufeinandertrafen, vermischten sich ihre aus Lust und Schmerz rührenden Seufzer zu einem leidenschaftlichen Laut gegenseitigen Begehrens. Seine Lippen waren kalt, doch seine Zunge war heiß, als sie mit einem raschen Vorstoß ihren Mund eroberte. Der Kuss war lang und inbrünstig, er schmolz sie beide zusammen, verdrängte Zwänge und Zurückhaltung.

Sie leckte den salzigen Geschmack von seinen Lippen. Spencer stöhnte ihren Namen und presste sie an sich. Seine Behaarung rieb leicht über ihre Brustwarzen wie seidige Borsten. Als sie sich vor Verlangen aufrichteten, flüsterte sie seinen Namen.

Spencer spürte, wie sie steif wurden, und wusste, was das bedeutete. Er schuf genug Raum zwischen ihnen, dass er ihr Gesicht in seine Hände nehmen konnte, und stellte mit durchdringendem Blick stumm die gewichtige Frage.

Mit zitternden Fingern berührte sie seinen Mund, seine Backenknochen, schließlich seine Brauen. Sie senkte den Blick, schloss die Augen und flüsterte: »Liebe mich, Spencer.«

Ohne ein Wort oder eine Bewegung zu vergeuden,

ergriff er ihre Hand und führte sie nach unten in die Schlafkoje. Dort war es kühl und schattig, eine Brise strich durch die Fenster.

»Zuerst hier herein«, murmelte er und führte sie zum Bad. – »Wieso?«

Er drehte den Hahn auf. »Weil du vom Sonnenöl glitschig bist, und wenn ich nach etwas greife, dann möchte ich es auch festhalten können.«

Sein neckischer Hinweis beruhigte sie. Sie lachte sogar, ein kehliges, sexy Lachen, das sie gar nicht von sich kannte.

»Und ich bin voller Salzwasser, das juckt, wenn es trocknet, und ich möchte nicht, dass mich das ablenkt. Hier, rein mit dir.«

Er trat in die Duschkabine und zog sie mit sich. Nur etwas, das so flüssig war wie Wasser konnte sich noch zwischen ihre Körper zwängen, so dicht standen sie aneinandergedrängt. Spencer reichte ihr ein Stück Seife.

»Wenn du mir zuerst die Ehre erweist, revanchiere ich mich.«

Sie schäumte die Hände ein, legte sie an seinen Hals und arbeitete sich dann langsam nach unten, ließ die Finger über seine Schultern gleiten, nahm sich Zeit, eingehend seine Knochen und Muskeln zu betrachten. Sie liebte die Höhlung unter seinem Adamsapfel. Als sie einen sanften Kuss daraufdrückte, legte er einen Finger unter ihr Kinn, brachte ihren Mund an seinen und küsste sie zärtlich, bevor sie fortfuhr.

Ihre Hände glitten über seine Brust, kämmten durch seine Behaarung, massierten seine Muskeln. Mit einem neu gewonnenen Wagemut lächelte sie zu ihm auf und berührte neugierig eine seiner Brustwarzen.

»Denk daran, dass du Revanche bekommst«, brummte er lasziv.

Seine mit belegter Stimme ausgesprochene Drohung hielt ihre Finger nicht davon ab, ihn weiter zu erforschen und nach unten zu wandern, um mit seinem unter Haaren verborgenen Nabel zu spielen.

»Ich ziehe mir die Badehose aus, Allison.«

Sie zog rasch ihre Hände zurück. »Ist gut.«

Er streifte die Hose ab, und sie hielt den Atem an und hoffte, er werde von ihr nicht etwas erwarten, wozu sie noch nicht bereit war. Aber er streckte lediglich die Hand nach der Seife aus.

Sie reichte sie ihm. Der Schaum hob sich weiß gegen seine dunklen Hände ab. Er wusch zuerst ihren Rücken, dann drehte er sie vorsichtig um. Als sich seine Hände über ihre Brüste legten, schloss sie die Augen.

»Ein schönes Gefühl?«, fragte er.

»Ja.«

»Für mich auch.«

Er bedeckte ihre Vorderseite mit Seifenschaum, wusch sie gründlich, sorgfältig, sinnlich. Seine Finger wanderten an den Seiten ihrer Brüste hinab, wieder hinauf und noch einmal hinunter, bis sich ihr ganzer Körper in einem erotischen Rhythmus wiegte. Er umfasste die weichen Kugeln von unten, hob sie an und verformte sie mit leichtem Druck, ließ die Daumen über die von der Seife glatten Spitzen gleiten und steigerte ihre Erregung fast ins Unerträgliche.

Sie stützte sich an seinen Schultern ab und ließ den Kopf nach vorn sinken.

»Ich halte das bald nicht mehr aus, Spencer.«

»Wir haben doch gerade erst angefangen, Liebes.«

Er küsste sie. Das Wasser rieselte weiter über sie, während ihre Münder taten, was sie noch nicht wagten – sie paarten sich, vereinigten sich, verschmolzen ineinander.

Er ließ die Hände unter ihr Bikinihöschen gleiten und drückte die Finger in ihre üppigen Kurven.

»Ist es okay?«

Sie nickte, und er streifte es ab.

Allison und Spencer standen nackt voreinander.

Er umarmte sie zärtlich, fasste sie an den Armen und beugte sich zu ihr. Allison keuchte leise, als sie spürte, wie sich seine harte Männlichkeit gegen ihre Weichheit schmiegte.

»Ich bin ein Mann, Allison. Das ist alles. Du brauchst vor mir keine Angst zu haben.«

»Ich weiß.«

Er drehte den Wasserhahn zu. Allison trat aus der Dusche und griff rasch nach einem Handtuch. Doch Spencer war sofort hinter ihr und nahm es ihr aus der Hand.

»Ich trockne dich ab.«

Das Handtuch war kuschelig weich, seine Hände die eines bewundernden Dieners. Er tupfte das Wasser von ihrer Haut, von den Schultern über ihre Brüste und ihren Bauch bis zu den Schenkeln. Dann stand er auf.

»Dreh dich um.«

In derselben liebevollen Weise trocknete er auch ihren Rücken. Dann legte er das Tuch beiseite und fasste sie von hinten um die Taille. Seine Finger drückten auf ihren Bauch. Allison legte ihre Hände auf seine und atmete heftig ein, als sie seinen Mund an ihrem unteren Rücken spürte und seine Zunge die Vertiefungen zu beiden Seiten ihrer Wirbelsäule umkreiste.

»Diese Stelle wollte ich schon heute Nachmittag versuchen«, sagte er und stand auf. »Das ist ein höchst faszinierender Ort.«

»Mich haben von Anfang an deine Arme magisch angezogen.« Sie wandte sich ihm zu.

Er lachte. »Meine Arme?« Sie legte ihre Hände auf seinen Bizeps. »Sie sind schlank, aber stark. Die Muskeln treten so klar hervor, und die Haut ist fest. Schau dir die Adern an.«

Ihr Finger verfolgte eine deutlich sichtbare blaue Linie. Sie küsste den harten Muskel und biss zärtlich hinein.

»Als ob man in einen Apfel hineinbeißt.«

Er zog sie zu sich. »Lass uns ins Bett gehen.«

Sie ging in die Schlafkoje. Spencer trocknete sich noch kurz ab; als er zu ihr kam, lag sie bereits zwischen den Satin-Bettlaken. Ihr Haar ergoss sich über das Kissen wie flüssiges Feuer, ihre sonnenverwöhnte Haut bildete einen starken Kontrast zu den weißen Tüchern, ihre grünen Augen strahlten.

Als er auf das Bett zuging, schaute sie ihm resolut in die Augen, wagte jedoch keinen Blick auf den unteren Teil seines Körpers. Er legte sich neben sie. Sie hatte das Laken züchtig über ihre Brüste gezogen. Doch er kümmerte sich überhaupt nicht um irgendeine Bedeckung, als er sie in die Arme schloss.

Sie kam ihm willig entgegen, aber er spürte ihre Scheu. Er strich ihr ein paar widerspenstige Strähnen roten Haars aus dem Gesicht und küsste sie leicht auf den Mund.

»Sag mir, wenn ich etwas tue, das dich verletzt oder das du nicht magst. Verstanden?«

»Ja.«

Er setzte dieses schiefe, träge Grinsen auf, das sie so liebte.

»Weißt du eigentlich, dass ich dich schon seit wir das erste Mal miteinander tanzten, genau so haben wollte – nackt mit mir in meinem Bett?«

»Du bist schamlos. Du hast mir schon an dem Tag,

als du ins Labor kamst, erzählt, dass du ›Ann‹ in deinem Bett haben wolltest.«

»Und du hast Kaffee auf mich geschüttet.«

Sie lachte und vergrub die Nase in die gekringelten Haare auf seiner Brust.

»Das hätte dein erster Hinweis darauf sein sollen, dass etwas nicht stimmte.«

»Ah, Allison, du bist einfach hinreißend.« Er seufzte, und sein Blick glitt über ihr Gesicht.

»Ich bin ein Trampel.«

»Nicht wenn es um's Küssen geht, da bestimmt nicht.«

Sie wusste, solches Bettgeflüster sollte ihr nur schmeicheln, ihr ihre Befangenheit nehmen, ihre Stimmung beeinflussen, damit sie für die Liebe bereit sein würde.

Und es funktionierte. Wenn sie sich noch mehr entspannte, würde sie dahinschmelzen, bis nichts mehr von ihr übrig war.

»Ich küsse gut?«, fragte sie und fuhr mit dem Finger um sein trotziges Kinn.

»Mmm«, stimmte er zu und küsste sie flüchtig auf den Mund. Dann presste er die Lippen an ihr Ohr und flüsterte: »Schon allein deine Küsse erregen mich sehr.«

»Du bist schon erregt«, flüsterte sie zurück.

»Das heißt aber nicht, dass ich mit dem Küssen aufhöre.«

Und damit öffneten sich seine Lippen über den ihren, er senkte seine Zunge in ihren empfänglichen Mund und rückte langsam näher an sie heran. Als sein Körper in intimen Kontakt mit ihrem kam, bestätigte sich, was sie ohnehin schon wusste.

Er war hart und warm und erregend. Aber anstatt von seiner unverhüllten Männlichkeit abzurücken, fühlte sie sich nun dazu hingezogen.

Ihre Münder spielten lustvoll miteinander, bis Küsse einfach nicht mehr genug waren. Er streifte das obere Betttuch ab und fand ihre Brüste warm und gerötet, seine Liebkosung erwartend.

Er genoss ihre seidige Haut, ihre vollen Brüste, die zarten, korallenfarbenen Spitzen. Bei seiner ersten Berührung stöhnte sie leise auf; ihre bloßen Beine rieben ruhelos gegen die seinen, ihre Hüften bewegten sich vor und zurück.

»Ich möchte dich schmecken.« Er nahm eine Brustwarze in den Mund und saugte zärtlich daran.

Allison spürte jede seiner Saugbewegungen tief in ihrem Schoß, und in diesem Moment wusste sie, dass sie von diesem Mann schwanger werden würde. Ihr Körper konnte nicht derart erwartungsvoll aufblühen, solch tiefe Sehnsucht empfinden, so drastisch reagieren, wenn er sich nicht auf ihn vorbereitete. Ihr Körper würde seinen Samen in sich aufnehmen und zu einem Kind reifen lassen. Und es würde für sie ein Kind der Liebe sein.

Er wechselte zu ihrer anderen Brust. Seine Liebkosungen waren so leicht und so geschickt, sie musste die Augen öffnen, um sich zu versichern, dass diese herrlichen Empfindungen nicht Produkte ihrer Fantasie waren. Doch es war seine Zunge, die mit der rosafarbenen Spitze spielte, sie schmeckte, leckte, neckte, saugte. Sie spürte sich in eine Selbstvergessenheit abdriften, die sie ebenso sehr fürchtete wie herbeisehnte.

»Spencer, bitte«, keuchte sie, unsicher, was sie von ihm eigentlich wollte. Erfüllung oder Befreiung? Oder war das beides dasselbe?

Er blickte die ganze Länge ihres Körpers hinab. Er wollte sich Zeit lassen, jedes kostbare Detail genießen, jede Rundung, jede verlockende Vertiefung.

»Du bist so schön, Liebes.« Er küsste sie auf die Stelle, an der sich die Rippenbögen trafen, und ließ die Zunge dann hinuntergleiten bis zum Nabel.

Allison stockte der Atem.

»Oh Gott!«

Sie hatte sich nie für eine erotische Person gehalten, doch seine Leidenschaft entfachte die volle Sinnlichkeit ihres Körpers. Spencer öffnete eine verborgene Tür nach der anderen, und sie fühlte sich in einem Meer verzehrender Leidenschaft versinken.

Ihren Nabel umgarnte er mit seiner Zunge. Während er eintauchte und erforschte, krallte sie sich in seinem Haar fest und drehte einzelne Strähnen zwischen den Fingern.

Dann hob er ihr Knie an, streichelte die Unterseite ihres Schenkels bis zur Hüfte, zog langsam ihre Beine auseinander und liebkoste die empfindlichen Innenseiten, und seine Berührung war dabei so leicht wie der Flügelschlag eines Schmetterlings.

»Deine Haut ist wie Seide. Warme Seide.«

Sein Atem strich durch die Locken ihres Schamhaars, und er versenkte das Gesicht darin. Sie sprach mit einem leisen Stöhnen seinen Namen aus.

»Tut es weh?«, fragte er.

»Nein, nein, mach weiter … Spencer … Spencer …«

»Schhh, schhh, du bist wundervoll. Hörst du, Allison? Du bist herrlich.« Er manövrierte sich vorsichtig zwischen ihre Schenkel und ließ seine Lippen sprechen.

Die ganze Welt begann um sie herum zu zerfallen. Zuerst nur kleine Stücke, doch dann brachen große Teile der Welt, so wie sie sie kannte, einfach weg. Sie griff nach einem Halt und fand Spencers dichtes, seidiges Haar. Er war unerbittlich … bis … bis das, was von

Allison übrig war, in Fragmente blendenden Lichts zersplitterte und sich in einem neuen Universum zerstreute.

Als das letzte Nachbeben abgeklungen war und sie die Augen öffnete, lag Spencer auf ihr und lächelte ihr zu mit einer Zärtlichkeit, die an unverfälschte Liebe grenzte. Sie wollte etwas sagen, doch stattdessen wurde sie von einer weiteren Serie glückseliger Empfindungen erfasst.

Sie schloss die Augen und schmiegte sich um die harte Fülle.

Er stöhnte und ließ das Gesicht auf ihren duftenden, warmen Hals sinken. »Allison, ich möchte ... dich noch weiter lieben.«

Ihre Hände breiteten sich über seinen muskulösen Rücken. »Ich will alles erleben, Spencer. Halte nichts zurück.«

Sein Mund suchte den ihren, und gleichzeitig begann er, sich zu bewegen, zuerst zögernd, vorsichtig, dann schneller.

In den Tiefen ihrer Weiblichkeit begann sich die Feder, die erst vor so kurzer Zeit entspannt worden war, wieder aufzuwinden. Ungläubig blickte sie zu ihm auf, als er sich mit einem Arm über ihr abstützte und lächelnd mit der anderen Hand ihre Brustwarze liebkoste. Seine Fingerspitzen streiften über sie, bis sie den Kopf auf dem Kissen hin und her warf, weil sie es nicht mehr aushalten konnte.

»Spencer!«, schrie sie, als die Wogen der Lust erneut über ihr zusammenschlugen.

Erschöpft blieben sie ineinander verschlungen liegen, ihr Kopf ruhte in seiner Armbeuge. Ihre Blicke trafen sich in einer Entfernung von wenigen Zentimetern.

»Du bist zu weit weg«, klagte er. – »Aber wenn ich näher zu dir rutsche, kann ich dich nicht sehen.«

»Ein harter Kompromiss«, meinte er, ließ den Blick ihren Körper entlangwandern und gluckste leise.

»Ist es so lustig, mich anzusehen?«

»Nein«, antwortete er und drückte ihr einen Kuss auf die Hand. »Ich habe mich nur eben an den geschmacklosen Witz darüber erinnert, wie man eine echte Rothaarige von einer unechten unterscheiden kann.«

Sie wurde über und über rot, und er musste laut lachen.

»Du kennst ihn also auch.«

»Ja, und er ist wirklich geschmacklos.«

Ein träger Finger wanderte ihren Körper abwärts und steuerte die verletzliche Stelle an.

»Aber wir wissen, dass du eine echte bist, nicht wahr?« Er küsste sie. Als der Kuss intensiver wurde, passte er seine Hand ihrer Gestalt an und deckte zärtlich ihren Venushügel ab. »Es fühlt sich so gut an, bei dir zu sein.«

»Wie ist das überhaupt gegangen? Mein Leben lang habe ich mich davor gefürchtet, meine Jungfräulichkeit aufzugeben aus Angst vor dem Schmerz. Aber ich habe nicht einmal gespürt, als du ... äh ...«

»Du warst beschäftigt«, meinte er blasiert.

Sie wollte eigentlich beleidigt reagieren, musste jedoch lachen und schmiegte sich dichter an ihn.

»War ich das, tatsächlich?

»Mmm. Ich glaube, ich weiß jetzt, woher der Spruch ›das Boot schaukeln‹ kommt.«

»Oh!« Sie setzte sich auf und verpasste ihm einen Schlag auf den Schenkel.

»Aua!« Er erfreute sich an den wiegenden Bewegungen ihrer Brüste und dem in ihren Augen aufblitzenden

Temperament. »Und ich habe auch schon einige Gefechtswunden.«

»Was? Wo?«

»Zehn halbmondförmige Abdrücke auf meinem Hintern. Du solltest wirklich deine Fingernägel schneiden.«

»Was für eine unfeine, eines Gentleman unwürdige Bemerkung!«, tadelte sie gespielt und stemmte die Fäuste in die Hüften.

Er warf einen bewundernden Blick auf ihre entrüstete Pose, zog sie dann auf die Matratze und legte sich über sie.

»Werde bloß nicht zu frech«, warnte er scherzend, bevor er ihr einen saftigen Kuss aufdrückte. »Außerdem weiß ich, dass das sowieso nur alles Show ist. Du versteckst dich hinter dieser zimperlichen, gezierten Fassade, aber in Wirklichkeit bist du im Bett eine rothaarige Wildkatze.«

Sie ergab sich einem weiteren Kuss und blickte sittsam zu ihm auf. »Bin ich das?«

»Das bist du.« Er zog das Betttuch über sie beide und schmiegte sie an sich. »Das wollte ich dich ohnehin schon fragen.«

»Was denn?« Sie hatte genügend Vertrauen gewonnen, um an einem seiner Brusthaare zu ziehen.

»Da du und Ann gleich ausseht und du anscheinend glaubtest, ich würde sie attraktiv finden, warum dachtest du eigentlich nicht, ich würde mich zu dir hingezogen fühlen?«

»Weißt du, dass Ann und ich an unterschiedlichen Tagen Geburtstag haben?«

»Ich nehme an, diese Frage hat etwas mit dem zu tun, worüber wir gerade reden.«

»Genau. Sie ist eine Minute vor Mitternacht an

einem Mittwoch geboren und ich dreißig Sekunden nach Mitternacht an einem Donnerstag.«

»Das erklärt alles«, kommentierte er trocken.

»Tut es auch, gewissermaßen zumindest. Du kennst doch dieses Gedichtchen über Montagskinder und so weiter?«

»Ja.«

»Okay, das Mittwochskind, Ann, weiß alles. Und das Donnerstagskind, ich, hat noch vieles vor sich.«

Er lehnte den Kopf zurück und betrachtete sie.

»Also, ich verstehe das so, dass es ein Donnerstagskind weit bringt im Leben. Nicht, dass ich an derart alberne Sprüche glaube, du verstehst schon. Ich führe nur die Konversation fort, lasse dir deinen Willen und versuche, uns die Zeit zu vertreiben und unterdessen wieder zu Kräften zu kommen.«

Sie spürte, wie sie errötete, und entschied, dass es wohl ein Fluch war, der ihr bis ins Grab bleiben würde. Wer hätte gedacht, dass sie noch immer rot werden konnte?

»Ich interpretiere das anders«, sagte sie und kehrte wieder zum Thema zurück. »Ich glaube, es bedeutet, dass Donnerstagskinder länger brauchen, um so weit zu kommen wie die anderen. Diese Interpretation hat sich zumindest durch mein Leben bestätigt.«

»Ausführlicher, bitte.«

»Ann und ich sahen gleich aus, das stimmt, aber ihr ist immer alles leichtgefallen. Sie konnte tanzen, ich nicht. Sie hat virtuos Klavier spielen gelernt; ich kann kaum Noten lesen. Sie ist immer gut mit Menschen zurechtgekommen – ich habe mich nie sonderlich um Gesellschaft gekümmert. Unsere Mutter wollte perfekte Ladies aus uns machen. Ann konnte zwanzig Leuten Tee einschenken, ohne einen Tropfen zu verschütten.

Ich war eine Katastrophe, die nur darauf wartete, über die Unglücklichen hereinzubrechen. Ann konnte lügen und sich alles erlauben. Ich konnte nie schwindeln und bekam sechs Ohrfeigen, wo sie mit einer davonkam. Verstehst du jetzt, was ich meine?«

»Aber du bist doppelt so gescheit wie Ann«, hielt er dagegen.

»Die Menschen fragen nicht, wie gescheit eine Frau ist, solange sie charmant und fröhlich und hübsch ist. Außerdem haben wir denselben IQ. Wenn Ann sich für meinen Job entschieden hätte, wäre ihr wahrscheinlich schon der Nobelpreis verliehen worden.«

Er lachte. »Das glaube ich kaum.«

Sie schwiegen eine Weile nachdenklich, dann sagte er: »Ich vermute, du hast dieses Versagen auch auf dein Liebesleben übertragen.«

Sie stützte sich auf und blickte ihm in die Augen.

»Genau, Spencer. Ich wusste, dass Ann höchstwahrscheinlich eine perfekte und wunderbare Ehe eingehen und vorbildliche Kinder haben würde. Bei mir dagegen wäre die Wahrscheinlichkeit sehr groß, dass ich am Altar stehen gelassen werde oder etwas ähnlich Demütigendes. Anstatt mich auf etwas einzulassen, das sowieso zum Scheitern verdammt war, versuchte ich es also gar nicht erst. Ich hielt mich von Männern völlig fern, bis …«

Sie unterbrach sich und wandte den Blick ab.

»Bis ich daherkam«, endete er leise.

»Ja.«

»Und ich ließ dich nicht in dein Schneckenhaus zurückkriechen und hinter diesen furchtbaren Klamotten verstecken.«

Sie reckte trotzig das Kinn vor.

»Nein! Du hast einfach nicht lockergelassen. Und

jetzt sieh dir an, in welchen Schlamassel du dich hineinmanövriert hast.«

Er rollte sich wieder auf sie und sah ihr in die Augen.

»Ja, sieh nur. Mann, ich bin in einem solchen Schlamassel, ich kann es kaum aushalten. Siehst du nicht, wie hundsgemein ich leide?«

Er brachte sich über ihr in Position, damit sie verstand, was er meinte. Sie sah ihn aus großen Augen an, in denen neu erwachtes Begehren leuchtete, und er küsste sie auf den Hals.

»Glaubst du, ich hätte dich so genervt und wäre so verdammt entschlossen gewesen, dich haben zu wollen, wenn ich dich nicht für die schönste, begehrenswerteste Frau hielte, die ich je in meinem Leben getroffen habe?«

Ohne unnötige Vorbereitungen machte er dort weiter, wo sie gerade vorhin aufgehört hatten.

»Vielleicht solltest du das besser ... ah, Spencer, ja, genau da ... das besser wiederholen, damit ich ... oh Gott ... damit ich es nicht vergesse.«

»Das werde ich dir so oft sagen, dass du es irgendwann nicht mehr hören kannst.«

Sie schlang Arme und Beine um ihn und zog ihn noch näher an sich. »Das bezweifle ich, Spencer Raft. Das bezweifle ich sehr.«

Die nächsten fünf Tage an Bord der *Double Dealer* waren sonnenverwöhnt und mondverliebt und liebestoll.

Jeden Morgen steuerte Spencer die Yacht auf den Ozean hinaus.

»Damit wir nackend herumhüpfen können«, sagte er mit einem anzüglichen Seitenblick und kniff sie mit gespielter Lüsternheit in den Hintern.

Wann war die Nacktheit ein solch wunderbarer Zustand geworden?, fragte sich Allison.

Sie wurde mit diesem Zustand jedenfalls rasch vertraut. Alle ihre Sinne waren erwacht. Sie liebte es, von salziger Seeluft umweht zu werden oder ihre schweißglänzenden Körper nach einem ausgiebigen Schäferstündchen davon trocknen zu lassen. Das Essen schmeckte köstlich. Sie liebte den funkelnden, auf der Zunge prickelnden Wein, die unterschiedlichen Gerüche des Meeres und Spencers Aftershave.

Manchmal gingen sie nach Harbor Town zum Essen, oder sie machten ein Picknick an Deck oder aßen in Muße bei Kerzenlicht in der kleinen Kombüse.

An einem Abend machten sie einen kleinen Ausflug mit dem Wagen, nur um einmal etwas anderes zu sehen. Spencer wollte die Szenerie der Insel nutzen und sich daran erfreuen, so gut es ging. Er fand ein privates Anwesen mit einem ausgedehnten Rasen, der zum Strand hin abfiel. Die Eigentümer waren allem Anschein nach schon länger abwesend.

Sie stiegen aus dem Wagen, schlenderten Hand in Hand zum Strand und beobachteten, wie der Mond aufging. Die großen, alten Bäume auf dem Grundstück überspannten den Rasen wie ein einziger, riesiger Schirm. Auf dem Rückweg zum Auto zog Spencer sie in den Schatten einer verwitterten, von Moos überwachsenen Eiche.

Er lehnte sie an einen niedrigen Ast und küsste sie mit jener Leidenschaft, die sie inzwischen gut kannte und die nie zu versiegen schien. Seine Hand schlüpfte unter ihren Rock und spielte mit der Spitzenborte ihres Höschens. Als er begann, es nach unten zu ziehen, unterbrach Allison ihren Kuss.

»Was machst du denn?«, fragte sie verwundert.

»Ich denke, das ist offensichtlich.« Er ging in die Knie und nahm eine ihrer Brüste in den Mund, liebkoste die Spitze mit der Zunge durch die Bluse hindurch. »Hmmm, Spencer, hör auf! Bitte, Liebling. Wir können doch nicht … nicht hier.«

Aber als er ihr Höschen nach unten streifte, trat sie heraus. Und als er sie über den Ast beugte, war es so bequem, als würde ein Arm sich um ihren Rücken legen. Und dann war er auch schon da, glatt und warm und hart … erfüllend … lebendig … liebevoll …

Danach war sie so matt, dass er sie auf den Armen zum Wagen trug.

»Du hast einen solchen Einfluss auf mich«, murmelte sie an seinem Hals.

»Gut oder schlecht?«, fragte er mit einem leisen Lachen.

»Habe ich noch nicht entschieden«, erwiderte sie seufzend. »Aber wie auch immer, ich liebe es.«

10

Bevor sie Hilton Head verließen, ging Spencer zum Postamt und nahm an der Ausgabestelle einen Stoß Briefe in Empfang. Auf dem Rückweg nach Atlanta packte Allison die Neugier, und sie begann, die verschiedenen Poststempel genauer anzuschauen. Dänemark. Großbritannien. Italien. Peru.

Er beobachtete sie aus dem Augenwinkel.

»Ist ja wirklich gut, dass du nicht naseweis bist.«

»Ich habe nichts gefragt.« Sie warf die Post über die Schulter auf den Rücksitz.

»Nein, aber du hättest es gern getan.« Er lachte und tätschelte ihren Schenkel.

In Allisons Wohnung angekommen, riefen sie Ann an. Sie teilte die Nachricht von ihrer Ankunft aufgeregt Davis mit, der vorschlug, sie sollten sich heute Abend alle zum Essen treffen.

Allison und Spencer erwarteten die beiden in dem vereinbarten italienischen Restaurant. Ann musterte ihre Schwester genau, und die Zufriedenheit, die Allison ausstrahlte, blieb ihr nicht verborgen.

Sie umarmte sie herzlich und flüsterte ihr ins Ohr: »Es war wunderbar, nicht wahr?«

»Ja, es war wunderbar«, erwiderte Allison flüsternd.

Davis' Begrüßung war weniger überschwänglich. Er schüttelte zwar enthusiastisch Spencers Hand, doch seine Umarmung Allisons war steif und zurückhaltend. Es war das erste Mal seit dem Rollentausch der Schwestern, dass sie sich trafen.

»Äh, Allison, wegen, äh, wegen der Art, wie ich, äh, du weißt schon …«

Ann zog an seinem Sakko, und er ließ sich auf seinen Stuhl fallen.

»Mein Gott, Davis. Es waren doch bloß ein paar Küsse und Grabscher.«

Er schluckte und lief rot an. Sie lachten alle, doch Spencer legte besitzergreifend einen Arm um Allison.

»Er sollte es besser nicht noch einmal versuchen!«

Sobald Davis seine Verlegenheit überwunden hatte, wurde der Abend angenehm und unterhaltsam. Sie aßen Pasta und Kalbfleisch, tranken dazu Wein und staunten, dass Allison ebenfalls Alkohol zu sich nahm.

»Spencer hat mich gescholten, dass ich einen ganzen Abend lang nur zwei Gläser getrunken habe.«

»Ich wette, das ist nicht das Einzige, was er dir beigebracht hat«, meinte Ann zweideutig.

Allison bekam heiße Wangen. Spencer küsste sie auf die Finger. »Sie hat mir auch einiges beigebracht.«

Ann und Davis hatten einen Vertrag für das Haus unterschrieben. Allisons Intuition hatte sich als richtig erwiesen, Ann war begeistert gewesen. Sie lachten über den Makler, der völlig verwirrt war, als Ann durch das Haus lief und zu allem eine Bemerkung abgab, als hätte sie es noch nie gesehen.

»Ich möchte das große Schlafzimmer in Pfirsich und Minze streichen. Was hältst du davon, Allison?«

»Ich glaube, das würde gut aussehen.« Unter dem Tisch drückte Spencer ihr Knie.

»Stell dir bloß vor, Darling«, sagte Ann und legte eine Hand auf Davis' Schulter, »es dauert nicht mehr lange, und dann wohnen wir dort!«

Allison machte mit bei dem heimlichen Liebesspiel, das unter der Tischdecke vor sich ging. Sie legte Spencers Serviette auf seinem Schoß zurecht, strich imaginäre Falten aus, rückte sie wieder zurecht und klopfte sie glatt.

»Könnt ihr glauben, dass es nur noch vier Wochen bis zur Hochzeit …«

Plötzlich sprang Spencer so hastig auf, dass er an den Tisch stieß.

»Ich kann nicht glauben, dass es schon nach Mitternacht ist und ich Allison noch nicht ins Bett gesteckt habe. Gute Nacht, ihr beiden!«

Sie eilten hinaus, Ann und Davis blieben verwirrt zurück.

Sie verbrachten zwei Nächte in Allisons Apartment. Allison lud ihn nicht ausdrücklich ein, bei ihr zu bleiben; es schien irgendwie vorherbestimmt.

Am Sonntag gingen die Zwillinge mit ihren Eltern, Davis und Spencer zur Kirche. Danach lud Mr Leamon sie alle zum Brunch ein. Die überschäumende Aufgeschlossenheit ihrer Eltern für Spencer machte Allison verlegen.

»Man könnte meinen, ich sei eine vierzigjährige Jungfer, die sie seit Jahren vergeblich verheiraten wollen«, beschwerte sie sich auf dem Weg zum Wagen. »Ich glaube, wenn du versuchst hättest, wegzulaufen, hätte Dad dich zur Rede gestellt.«

»Das Einzige, was ich versuchen will, ist das hier.« Er presste sie an sich und gab ihr einen Kuss, dass ihr Hören und Sehen verging.

Den restlichen Nachmittag liebten sie sich gemütlich, dösten und liebten sich erneut.

Erst viel später, als die Sonne bereits untergegangen war, platzte die Seifenblase. Sie kam aus der Küche, wo sie etwas zu trinken geholt hatte, ins Schlafzimmer zurück. Zuerst fragte sie sich, was sein Koffer auf dem

Bett sollte. Dann schoss ihr der Grund durch den Kopf wie ein Fanfarenstoß. Das Tablett in ihren Händen begann zu zittern; sie musste es auf dem Nachtkästchen abstellen.

Spencer faltete seine Kleidung und verpackte sie ordentlich.

»Wohin fährst du?«, fragte sie gedankenleer.

Was machte sein Ziel schon für einen Unterschied? Er verließ sie. Sie hatte gedacht, sie würde diesen Augenblick willkommen heißen, damit sie ihn nicht mehr fürchten musste. Aber nun, da er da war, konnte sie nicht begreifen, wie sie ihn sich jemals hatte wünschen können. Sie dachte, sie müsse vor Schmerz umkommen.

»Ich muss heute Nacht noch nach Hilton Head zurück.«

»Ich verstehe.«

Er ließ ein Hemd in den Koffer fallen und wandte sich ihr zu.

»Nein, du verstehst nicht.«

Seine Stimme war so zart wie die Hände, die auf ihre Schultern drückten, bis sie auf die Bettkante sank. Er kniete vor ihr nieder, ergriff ihre Hände, betrachtete sie, rieb ihre Knöchel, verfolgte den Lauf der Adern mit der Fingerspitze.

Sie wollte ihre Hände seinem Griff entreißen, seiner Zärtlichkeit entfliehen. Warum verfuhr er so glimpflich mit ihr? Glaubte er, es würde weniger weh tun, wenn er nett war anstatt grob?

»Allison, ich habe wichtige geschäftliche Verpflichtungen. Du hast diesen Stapel Post gesehen. Ich muss zurückfahren, die *Double Dealer* sichern und morgen nach New York fliegen.«

Nun, sie würde nicht in Tränen ausbrechen. Wenn er

das erwartete, würde er enttäuscht werden. Wenn sie etwas von ihm gelernt hatte, dann, dass sie eine Frau war, die die liebevolle Zuwendung eines Mannes verdiente. Niemals würde sie vor ihm zu Kreuze kriechen oder ihn bitten. Er hatte ihr geholfen, diese Befangenheit abzuschütteln, hinter der sie sich jahrelang versteckt hatte. Sie wollte sie nicht zurück. Das Leben ohne war zu schön gewesen.

»Du schuldest mir keine Erklärung, Spencer.«

Er hörte die Schärfe in ihrer Stimme und reagierte gereizt. »Doch. Oder dachtest du, ich würde einfach gehen, ohne ein Wort?«

Sie blickte ihn herausfordernd an.

»Ich weiß es nicht. Wolltest du das?«

»Verdammt!«, platzte er heraus und stand auf. Er schritt am Bett auf und ab, fuhr sich frustriert durch die Haare. Männer hassten solche Szenen. Sie wollten saubere Brüche, ohne Beschuldigungen oder Tränen. »Warum machst du es so schwer?«

»Das tue ich nicht!«, erwiderte sie und sprang auf. »Du musst gehen, also geh!«

»Ich muss gehen, ja. Aber ich will nicht. Nicht so. Nicht, ohne dass die Dinge zwischen uns geklärt sind.«

»Soweit es mich betrifft, sind sie geklärt. Du hast deinen Teil des Handels erfüllt.«

»Was soll das heißen?«

»Du hast deinen Teil des Befruchtungsprozesses abgeleistet. Vielen Dank für deine Gewissenhaftigkeit und Gründlichkeit!«

Er murrte Worte, die sie bislang nur als Kritzeleien an den Wänden öffentlicher Toiletten gesehen, aber nie gehört hatte.

»Ist das alles, was dir die letzte Woche bedeutet hat?«

Nein, nein, brüllte ihr Herz.

Sah er denn nicht, dass sie innerlich bereits zerbrach? Wusste er nicht, dass sie kaum an die Schwangerschaft gedacht hatte, dass jeder Liebesakt genau das gewesen war, nämlich Liebe? War er mit so vielen Frauen zusammen gewesen, hatte er so viele idyllische Wochen wie diese verbracht, dass er nicht mehr erkannte, was wirklich zählte?

»Du weißt doch, weshalb ich mit dir nach Hilton Head gefahren bin.« Sie sagte diese unaufrichtigen Worte leise, weil sie wegen des Kloßes in ihrer Kehle kaum sprechen konnte.

Er stieß halblaut eine Reihe vernichtender Flüche aus, drehte sich dann zu dem Koffer um und schloss ihn mit einem lauten Knacken. Die Endgültigkeit dieses Geräuschs traf sie wie eine Kugel.

»Ich werde für einige Zeit nicht in der Lage sein, dich zu kontaktieren. Ich werde in New York sein, dann möglicherweise in der Türkei.«

Türkei? Oh Gott. So weit weg. Eine andere Welt. Sie bewegten sich tatsächlich in verschiedenen Wirklichkeiten, nicht wahr? Wie hatte sie nur jemals denken könne, er würde mit ihr zufrieden sein?

Er ging steif zur Tür, hielt inne und schaute zu ihr zurück. Es schien, als wolle er vieles sagen. Doch er sagte nur: »Auf Wiedersehen, Allison.«

»Auf Wiedersehen.« Mein Geliebter, fügte sie stumm hinzu, als sich die Tür hinter ihm schloss.

Dr. Hyden brachte seine Überraschung und Freude über ihre Veränderung zum Ausdruck. Sobald sie das Labor betrat, rief er: »Na, sieh mal einer an! Ist das ein neues Kleid?«

»Ja«, antwortete sie knapp und verstaute ihre Handtasche in der Garderobe. Am besten gewöhnte sie sich gleich daran, denn wahrscheinlich würde jeder wissen wollen, wie es um ihre angehende Romanze stand.

»Und wie geht es unserem Mr Raft nach einer Woche Urlaub?«, fragte Dr. Hyden. Er wippte auf Fersen und Zehen hin und her und blinzelte ihr zu.

»Das letzte Mal, als ich ihn gesehen habe, ging es ihm gut«, erklärte sie mit vorsätzlicher Gleichgültigkeit.

Dr. Hydens Überschwänglichkeit fiel so plötzlich in sich zusammen, dass Allison gelacht hätte, wenn die Umstände nicht so hart gewesen wären.

»Er ist mit unbekanntem Ziel verschwunden. Ich werde ihn wahrscheinlich nicht mehr wiedersehen.«

»Aber ich dachte …«

»Was? Dass wir zusammenbleiben? Du lieber Himmel!«, erwiderte sie leichthin. »Das war doch nur ein Spaß. Wie geht es Rasputin? Hat er mich vermisst?«

Sie ließ das Thema Spencer Raft auf sich beruhen, und Dr. Hyden verließ fassungslos und kopfschüttelnd das Labor.

Mit Anns Bestürzung fertig zu werden war noch schwerer. Sie rief an, sobald Allison nach Hause kam.

»Davis sagte, Spencer hat ihn gestern Abend angerufen, als er im Begriff war, die Stadt zu verlassen.«

»Tatsächlich«, meinte Allison kühl.

»Du lieber Gott, Allison, was ist denn los?«

»Nichts. Er musste wegfahren. Du weißt ja, er ist ein Weltenbummler. Du hast doch wohl nicht erwartet, dass er längere Zeit hierbleiben würde.«

»Aber … er … du … ich dachte, Davis und ich dachten, dass ihr beide …«

»Nein, natürlich nicht. Es war nichts Dauerhaftes. Nur eine von diesen kurzen Romanzen. Ann, ich muss auflegen. Mein Wasserkessel kocht über.«

Wochenlang vermied sie geschickt Gespräche über Spencer, ignorierte forschende Blicke und wich Fragen aus. Doch das hielt sie nicht davon ab, an ihn zu denken. Tagsüber lauerte er ihr in ihren Gedanken auf, und nachts verfolgte er sie bis in ihre Träume. Sie sehnte sich nach seiner Zärtlichkeit, aber noch mehr wünschte sie sich, wieder die Frau zu sein, die sie mit ihm war – fröhlich, originell, beredt, schön. Der große Dichter Tennyson hatte Unrecht, als er sagte, es sei besser, zu lieben und diese Liebe zu verlieren als die Liebe überhaupt nicht zu kennen. Jetzt wusste sie, was sie vermisste, und die Qual, ohne ihn auskommen zu müssen, war fast nicht zu ertragen.

Sie war zornig auf ihn, weil er sie verlassen hatte, und zornig auf sich selbst, weil sie sich Gedanken um ihn machte. Wo war er? War er in Sicherheit? War er in Gefahr? Welche Geschäfte konnte er in der Türkei haben? In der *Türkei*, um Himmels willen!

Die Woche, in der sie ihre Periode haben sollte, kam und ging, und nichts geschah. Sie wagte nicht zu hoffen. Es konnte eine Menge Gründe dafür geben, dass die Regel später eintrat, allen voran ihre emotionale Labilität. Aber auch die zweite Woche verstrich und ebenso die dritte.

Am Freitag vor Anns Hochzeit, nachdem alle das Labor verlassen hatten, führte sie an sich selbst einen Schwangerschaftstest durch. Das Ergebnis war überzeugend positiv.

Erst jetzt weinte sie. Sie hatte nicht eine Träne wegen Spencer vergossen, nicht eine wegen ihres gebrochenen Herzens, ihrer verlorenen Liebe, ihres leeren Lebens. Aber nun begrub sie das Gesicht in der Armbeuge und weinte über eine Stunde lang.

Die Tränen reinigten ihren Kopf und ihren Körper.

Als sie endlich aufschaute und sich die Augen trocknete, empfand sie einen nie gekannten Frieden.

Sie hatte etwas richtig gemacht! Sie würde ein Baby bekommen, ein wunderbares, intelligentes, wunderschönes Baby. Und sie würde ihm all die Liebe geben, die Spencer ihr gegeben hatte – in einer Woche genug für ein ganzes Leben.

Als sie die Kirchentreppe hinaufrannte, trat sie auf die Plastiktüte, in der ihr Brautjungfernkleid steckte. Sie war spät dran; Ann würde sie umbringen. Gott sei Dank sah sie noch keinen der anderen Gäste.

Sie hatte den Wecker nicht gehört und sich beim Duschen, Haarewaschen und Maniküren schrecklich beeilen müssen. Ihr rechter Daumennagel war verschmiert, hoffentlich würde es niemandem auffallen.

Im Vorraum der Kirche war es halbdunkel; ihre Augen brauchten einige Zeit, um sich daran zu gewöhnen. Dann ging sie den leeren Korridor entlang und suchte den Umkleideraum der Braut.

Eine Seitentür öffnete sich, und die Silhouette eines Mannes erschien in der Öffnung.

»Entschuldigen Sie, Miss, ich suche …«

Sie blieben beide abrupt stehen und starrten einander an. Sie hatte nicht gewusst, ob sie ihn erwarten sollte oder nicht. Er war gestern Abend nicht bei der Probe dabei gewesen, und als ob er vor Kurzem gestorben wäre, hatte niemand seinen Namen auch nur erwähnt.

Er trug seinen Koffer unter einem Arm und einen Smoking über der Schulter. Er sah unordentlich aus und so, als sei er in großer Eile. Seine Jeans und die Turnschuhe wirkten in der gesetzten Atmosphäre der Kirche deplatziert. Die Haare waren windzerzaust, und die Sonnenbrille, die er gewöhnlich trug, saß über seiner Stirn. Er sah müde und hager aus. Die Falten in seinem Gesicht wirkten tiefer.

Doch für die Frau, die zu ihm nach oben blickte, war er der schönste Anblick der Welt.

Und ihr wurde demütigend bewusst, dass sie schrecklich aussah. Bevor sie zu Hause aufgebrochen war, hatte sie sich rasch noch die Haare auf Lockenwickler gedreht; die Nadeln standen vom Kopf ab wie Antennen. Sie hatte sich die Augen noch nicht geschminkt und trug noch ihre Brille. Und sie trug uralte Jeans und ein ausgeleiertes T-Shirt; Klamotten, die sie aus der Schachtel gestohlen hatte, die ihre Mutter bei der nächsten Kleidersammlung spenden wollte.

»Hallo, Allison.«

»Hallo«, erwiderte sie mit einer Stimme, die eigentlich zehnmal selbstbewusster hätte klingen sollen.

»Ich bin spät dran.«

»Ich auch.«

»Ich komme gerade eben aus New York.«

»Oh. Wie war dein Flug?«

»Lang und ermüdend.«

Sein Blick ruhte auf ihr, durchdringend und scharf.

»Äh, also, ich muss mich umziehen. Ich bin sicher, Ann ist ...«

»Warte einen Augenblick.« Er schaffte es, sie zwischen sich und die Wand zu drängen. »Ich will es wissen.«

Sie fuhr sich mit der Zunge über die Lippen. »Was denn?«

»Erwartest du ein Kind von mir?«

Was hatte sie erwartet? Takt? Feingefühl? Von diesem Mann? Niemals. Sie warf verstohlen einen Blick den Korridor entlang in der Hoffnung, dass niemand sie belauschte. Dann fand sie nichts mehr, was sie noch ansehen konnte; es blieb ihr keine Wahl, als seinem Blick wieder zu begegnen.

Er war so ... so *alles,* was eine Frau sich wünschen konnte. Sie fühlte sich genauso wie das erste Mal, als sie ihn klar gesehen hatte – schwerelos, verloren, machtlos, unvollkommen. Doch nun kam zu diesen Gefühlen noch eine unendliche Trauer hinzu, denn sie wusste, dass er jedes Gefühl, das er auslöste, auch befriedigte.

Vielleicht war ihm das Kind doch nicht gleichgültig. Vielleicht hatte er auch für sie Gefühle. Aber er war, was er war, und sie war, was sie war, und jede Beziehung von Dauer war von Anfang an zum Scheitern verurteilt gewesen. Das hatte sie immer gewusst. Dass sie sein Leben in sich trug, änderte nicht die Fakten ihres und seines Daseins. Selbst wenn er aus einem Bewusstsein der Verpflichtung heraus bei ihr blieb, wäre das für beide von ihnen fair? Er würde früher oder später beginnen, sie abzulehnen, weil sie ihn festband, und sie würde ihm seine Rastlosigkeit übel nehmen.

Er musste die Wahrheit beizeiten erfahren, doch sie würde niemals das Kind dazu benutzen, ihn festzuhalten.

Ich liebe dich, Spencer. Und deshalb, adieu, mein Geliebter.

»Nein«, sagte sie. »Es gibt kein Kind.«

Ein Stück den Korridor hinunter wurde eine Tür geöffnet. Sie schlug gegen die Mauer, und sie erschraken beide. Davis kam heraus; er sah aus wie der typische hektische Bräutigam wenige Minuten vor der Trauung.

»Spencer, Gott sei Dank, da bist du ja! Ich war schon im Begriff, dich von einer Polizeieskorte vom Flughafen abholen zu lassen. Guter Gott, Allison, du bist noch nicht angezogen?«

»Nein«, antwortete sie und zwängte sich an Spencer vorbei. »Ich sollte mich besser beeilen, sonst spricht Ann kein Wort mehr mit mir.«

Sie hastete den Korridor entlang, doch ihre schnellen Schritte täuschten über ihre Gemütsverfassung hinweg, die auf ihr lastete wie ein Mühlstein.

»Willst du, Davis Harrington Lundstrum, diese Frau zu deiner dir gesetzlich angetrauten Ehefrau nehmen ...«

Der Priester sprach das Ehegelübde, und Davis und Ann antworteten würdevoll, um der Feierlichkeit des Anlasses gerecht zu werden.

Die Kerzen flackerten leicht, und in der Luft lag der Duft von Sommerblumen. Die Strahlen der Nachmittagssonne fielen, einem göttlichen Segen gleich, durch die Buntglasfenster.

Allison aber war sich nur der blauen Augen bewusst, die sie anstarrten und heißer und stetiger brannten als alle Kerzen.

Sie wusste, dass das pfirsichfarbene Kleid gut zu ihrem Typ passte. Sie wusste, dass der Schnitt mit dem runden Dekolleté und der schmalen Taille ihre Figur bestens zur Geltung brachte. Sie wusste, dass ihr Haar unter dem Strohhut wunderbar glänzte.

Aber war das ein Grund für den Freund des Bräutigams, sie ständig anzustarren, auszusehen, als würde er gleich aufgrund eines inneren Aufruhrs explodieren, zu schauen, als könne er jeden Augenblick Priester, Braut und Bräutigam beiseite schieben und nach ihr greifen?

Nicht einmal während der Intonation des »Vater unser« – das das längste Lied sein musste, das je komponiert wurde – wich sein intensiver Blick von ihr ab.

Braut und Bräutigam hielten die Köpfe ehrfürchtig geneigt. Doch jedes Mal, wenn Allison verstohlen zum Freund des Bräutigams hinüberschaute, traf sie der unwiderstehliche Blick dieser blauen Augen, die mit jeder Minute, die verstrich, stärker zu leuchten schienen.

Wenn er es darauf angelegt hatte, Anns Hochzeit für sie zu ruinieren, dann waren seine Bemühungen von Erfolg gekrönt. Sie würde sich nicht an eine Minute davon erinnern können. Als der Priester sagte: »Du darfst deine Braut jetzt küssen«, fuhr sie zusammen, als hätte ein Hypnotiseur sie aus der Trance zurückgeholt.

Sie reichte Ann den Brautstrauß, und wie in der Probe schritten Braut und Bräutigam dann strahlend Arm in Arm das Kirchenschiff entlang und ließen ihre Gäste erkennen, wie glücklich sie sich fühlten. Jemand musste Spencer für seinen Part souffliert haben, denn er bot Allison seinen Arm, und sie hatte gar keine andere Wahl, als sich einzuhängen und von ihm aus der Kirche führen zu lassen.

Als sie die Vorhalle erreichten, drehte er sie zu sich, sodass sie ihn ansehen musste, und sagte: »Ich habe zwei Fragen.«

Der Fotograf bat die Hochzeitsgesellschaft, zu den vor der Kirche bereitstehenden Wagen zu gehen, die alle zum Empfang in den Country Club bringen sollten.

»Wir sind gleich so weit!«, rief Spencer ihm über die Schulter zu, aber weder seine Hände noch sein Blick ließ von Allison ab. »Zwei Fragen.«

»Die Leute kommen schon alle aus der Kirche, Spencer.«

»Zwei Fragen!«, begehrte er auf.

»Also gut, aber leise, bitte.«

Er schraubte seine Lautstärke zurück, nicht aber seine Entschlossenheit.

»Erstens: Bist du schwanger von mir?«

»Ich habe dir schon gesagt, nein.«

»Du bist einfach eine verdammt schlechte Lügnerin, Allison.«

Sie blickte über seine Schulter und bemerkte, dass ihre und Davis' Eltern sowie weitere Gäste neugierig zu ihnen herüberschauten.

»Du solltest in der Kirche nicht fluchen.«

Er schüttelte sie leicht. »Antworte mir, und denk daran, ich weiß es, wenn du mich anlügst.«

Ihr Blick wanderte über seinen Smoking, nach oben zu seinem Gesicht und traf schließlich schuldbewusst den seinen.

»Ja.«

Sie sah eine Gefühlsregung in seinen Augen aufblitzen, war sich jedoch nicht sicher, was es war, und fuhr gehetzt fort: »Ich wollte es dir ja sagen, aber nicht …«

»Zweitens: Liebst du mich?«

Ihr Mund stand bereits offen, um ihm zu erklären, weshalb sie ihn zuvor belogen hatte, aber jedes Wort, das sie womöglich hätte sagen wollen, blieb ihr in der Kehle stecken. »Was hast du gesagt?«

Er trat noch einen Schritt näher. Sein bisher eindringlicher Ton wurde unsicher.

»Liebst du mich, Allison?«

Es war die Ergebenheit hinter dieser Frage, die sie absolut fassungslos machte, dieser liebenswerte, herzzerreißende, hilflose Ton in seiner Stimme, der so untypisch für ihn war. All ihre Kraft und Entschlossenheit verließen sie, und sie sank an seine Brust.

»Du weißt, wenn ich lüge?«

»Du bist eine miserable Lügnerin.«

»Ich liebe dich, Spencer.« Sie fielen einander in die Arme, umklammerten sich, wiegten sich hin und her.

»Das war es, was ich wissen musste. Was ich hören wollte.« Endlich löste er ihre Umarmung und ergriff ihre Hand. »Komm!«

Er führte sie hinaus, ihre verwirrten Eltern folgten ihnen. Die Braut und der Bräutigam standen bei den Autos und beobachteten sie, wie sie überstürzt die Kirchenstufen hinunterhasteten.

»Hey, wo wollt ihr denn hin?«, rief Davis, denn Spencer ignorierte die wartenden Wagen und lief stattdessen auf ein geparktes Auto zu.

Ungeduldig lief er zu Davis zurück und schüttelte ihm herzlich die Hand. »Großartige Hochzeit, mein alter Freund. Ann ...« – er küsste sie herzhaft auf den Mund – »... alles Gute.«

»A-aber wo wollt ihr denn hin?«, fragte Davis noch einmal, als Spencer erneut auf das andere Auto zulief.

»Warte«, befahl er Allison, die ihm blind gehorchte, obwohl er sie mitten auf der Straße stehen ließ. Er lief ein zweites Mal zu Davis zurück, flüsterte ihm etwas ins Ohr, rannte zurück zu Allison und verfrachtete sie in das Auto.

Nachdem sie weggefahren waren, richtete Ann die Frage an Davis, die sich jetzt jeder stellte: »Was hat er dir gesagt? Wohin fahren sie?«

Davis zupfte an seiner Fliege und warf den Leamons ein kleinlautes Lächeln zu.

»Er sagte, wir hätten zwar geheiratet, aber sie führen jetzt in die Flitterwochen.«

Als sie an Bord der *Double Dealer* gingen, hatte sie noch ihr Brautjungfernkleid an und er seinen Smoking, allerdings ohne Fliege und mit geöffnetem Hemd. Allison hatte sich während der Fahrt damit die Zeit vertrieben, auch die restlichen Knöpfe seines Hemds zu öffnen und seine nackte Brust zu streicheln, während er am Steuer saß.

»Du bringst uns noch beide ins Grab.«

»Okay, ich höre auf«, hatte sie erwidert.

»Bloß nicht!« Er hatte ihre Hand ergriffen und sie auf sein Herz gelegt.

Nun führte er sie die Stufen zur Kajüte hinab. Unten angekommen, ließen sie das Licht aus und fielen sich begierig in die Arme.

Sie schob die Hände unter sein Jackett und spreizte sie über seinen Rücken.

Sie küssten sich heißhungrig, ohne Geschick oder Geduld.

Sie gierten nach dem Geschmack des anderen, und diese Sehnsucht zu stillen war vordinglicher als alles andere.

Als sie voneinander abließen, um zu atmen, legte er die Lippen an ihr Ohr.

»Willst du mich heiraten?«

»Nachdem du mich vor all diesen Leuten aus der Kirche entführt hast? Da werde ich Ja sagen müssen, wenn ich nicht mehr oder minder als Flittchen gebrandmarkt werden will.«

Seine Zunge spielte mit ihrem Ohrläppchen.

»Würdest du es auch einfach so tun?«

»Ja«, gestand sie, schaudernd von seiner heftigen Liebkosung ihrer Brust, und schob ihn von sich, solange sie noch einen Rest gesunden Verstand hatte. »Unter einer Bedingung.«

»Und die wäre?«, fragte er und schüttelte sein Jackett von den Schultern.

»Du sagst mir, womit du dein Geld verdienst.«

Mit einem schweren Seufzer warf er das Jackett auf einen Stuhl, ließ einen Augenblick den Kopf hängen und blickte sie dann düster an.

»Das wird dir nicht gefallen, Allison.« Er schüttelte resigniert den Kopf. »Aber ich schätze, ich muss dir mein Versteck zeigen.«

Sie stemmte die Hände in die Hüften. »Ein Versteck?«

»Ja. Wo ich die Sachen aufbewahre.«

Er schaltete Licht an, ging an eine Schrankwand und kauerte vor einer der unteren Türen nieder. Er öffnete sie, und Allison sah einen eingebauten Tresor dahinter.

Ihr Herz begann zu hämmern, als er die Kombination einstellte, den Griff niederdrückte und den Safe öffnete. Sie war auf alles gefasst – Zylinder mit Uran, Pläne für Raumschiffe, Kokainpäckchen – und hielt den Atem an, als er einen von mehreren langen, flachen, schwarzen Behältern herauszog, die aussahen wie Schmuckschatullen. Gestohlene Edelsteine?

Er reichte ihn ihr.

»Das ist das Produkt, mit dem ich handle.«

Mit zitternden Händen öffnete sie den Verschluss und blickte dann sekundenlang auf den Inhalt.

»Briefmarken?« Sie sah ihn ungläubig an und wiederholte mit piepsiger Stimme: »Briefmarken?«

»Das sind nicht einfach nur Briefmarken«, erklärte er leicht verstimmt. »Ich möchte klarstellen, dass das ...«

»Briefmarken!«, rief sie ungläubig.

Er richtete sich zu voller Größe auf.

»Ich bin Philatelist. Briefmarkensammler.«

Mit der Schachtel, die vier Briefmarken enthielt, in der Hand fiel sie unendlich erleichtert auf das Bett und begann zu lachen. »Wo ist das große Geheimnis? Warum versteckt du, was du tust?«

»Weil jeder so reagieren würde wie du gerade. Du musst zugeben, dass es eigentlich keine richtige Beschäftigung für einen Macho ist.«

»Davis glaubt, dass du ... na ja, du weißt ja, was er denkt.«

»Das denken die meisten meiner Freunde. Warum soll ich ihnen ihre Illusion rauben? Wenn sie glauben wollen, dass ich mich mit zwielichtigen Dingen beschäftige und jenseits der Grenzen des Erlaubten lebe, was macht das schon?«

»Ich kann es nicht glauben.«

»Enttäuscht?«

»Natürlich nicht. Es ist nur ...« Sie sah sich in der Yacht um, in der keine Ausgaben gescheut worden waren. »Kann man denn von so etwas leben?«

Er grinste.

»Ich bin kein Ästhet«, antwortete er leise. »Ich bin nicht von einer großen Leidenschaft besessen, seltene Marken zu besitzen, wie die meisten anderen Sammler.«

»Warum tust du es dann?«

»Wegen des Geldes«, erwiderte er augenzwinkernd. »Mein Geschäft besteht darin herauszufinden, wenn ein Sammler bereit ist zu verkaufen. Ich kaufe die Marke, behalte sie ein paar Jahre, in denen sie an Wert gewinnt, und verkaufe dann an einen anderen Sammler, der seinen Lebenssinn darin sieht, diese Marke zu besitzen, und bereit ist, dafür eine astronomische Summe zu bezahlen. Natürlich muss ein Teil des Gewinns in den Ankauf anderer Ware gehen. Dies ist nicht mein gesamtes Inventar. Die wirklich wertvollen Stücke sind in einem Tresorraum in New York. Die, die du in der Hand hältst, sind nur einige hunderttausend Dollar wert.«

Der Mund blieb ihr offen stehen, als sie wieder auf die Schachtel starrte.

»Einige hunderttausend … für vier Briefmarken?«

»Hörst du bitte auf, das Wort in diesem Tonfall auszusprechen? Die leckst du nicht ab und klebst sie auf ein Kuvert. Sie gelten als Kunstwerke.«

»Aber ich will sie ja gar nicht verunglimpfen. Ich bin nur …« Sie sprang plötzlich auf. »Ich bin wütend auf dich, weil du mich hast glauben lassen, dass du mit ganz schrecklichen Dingen beschäftigt bist!«

Er legte die Schachtel zurück und verschloss den Safe. »Beruhige dich, Allison. Heiratest du mich, ja oder nein?«

Sie packte ihn an den Haaren und schüttelte seinen Kopf hin und her. »Ich denke schon. Du siehst ja immer noch wie ein grausamer Pirat oder Söldner aus.«

»Danke. Aber das Einzige, was mich grausam und unbarmherzig macht, ist meine Liebe zu dir.«

»Wirst du dauernd in Gegenden wie die Türkei reisen und mich monatelang allein lassen?«

»Ich bin dabei, Pläne zu machen. Sehr zur Freude meiner Klienten, die mich jahrelang um den ganzen Globus verfolgen mussten, werde ich ein ständiges Büro eröffnen. Und das könnte auch in Atlanta sein, da deine Arbeitsstelle dort ist, und unsere Familien ebenfalls. Übrigens, du musst bald meine Eltern kennenlernen. Sie werden dich mögen.«

»Bleib bei deinen Plänen.«

»Ach ja, die Pläne. Ich werde einen Kurier einstellen. Aber du und das Baby, ihr könnt mich begleiten, wenn mich ein Geschäft an einen interessanten Ort führt.«

»Das ist wunderbar.«

Ganz nebenbei und wie in einem Spiel hatte er ihr ein Kleidungsstück nach dem anderen ausgezogen.

Nun genossen seine Hände ihre Nacktheit, wanderten über sie, berührten, liebkosten, erzählten ihr davon, wie sehr er sie vermisst hatte.

»Was ist wunderbar?«, murmelte er an ihrem Nacken. »Meine Pläne oder dies?«

Er legte die Hände um ihre Brüste und benetzte die Spitzen mit seiner behänden Zunge.

»Beides.«

Er küsste ihre Brüste, als würde er ihren Geschmack neu entdecken, ließ seinen Mund dann abwärts wandern, bis er vor ihr kniete, und legte die Hände dann über ihren Unterleib.

»Ich kann es nicht erwarten, mein Baby in deinem Bauch zu sehen.« Sein Mund zollte ihrer Weiblichkeit einen süßen Tribut.

»Ich auch nicht.« Sie warf den Kopf zurück, als seine Liebkosung stürmischer wurde. »Ich werde dir ein wundervolles Kind schenken, Spencer.«

»Ich weiß. Und ich werde es fast ebenso sehr lieben wie seine Mutter.« Er stand auf, legte sie auf das Bett und bedeckte sie mit seinem Körper.

»Du bist noch nicht ausgezogen«, hauchte sie zwischen Küssen.

»Ich glaube, ich kann nicht mehr warten.«

»Ich glaube, ich auch nicht.« Sie seufzte vor Lust, als er die feuchte Wärme zwischen ihren Schenkeln streichelte.

Sie öffnete sein Hemd, küsste seine Brust und ließ ihre Zunge mit seinen hart werdenden Brustwarzen spielen.

»Verdammt!«, zischte er, als ihre Hände liebkosend von seinem Bauch abwärts wanderten. »Bist du die Jungfrau, die ich erst vor ein paar Wochen hierher brachte?«

»Genau die.« Sie öffnete seinen Gürtel und knöpfte ihm die Hose auf. Das Geräusch des Reißverschlusses ähnelte seinem Keuchen, als sie in sein dichtes Schamhaar griff.

»Damals wolltest du mich nicht einmal anfassen.«

»Ich war schüchtern, hatte Angst vor dir.«

»Hast du immer noch Angst vor mir, Allison?«

»Nein, nicht mehr. Ich liebe dich.«

»Wirklich?« Er stöhnte.

»Ja.«

»Zeig es mir.«

Das tat sie.

ENDE